KB251913

첫눈, 고백

첫눈, 고백

LA PREMIÈRE NEIGE, LA CONFIDENCE

GUY DE MAUPASSANT

첫눈, 고백

기 드 모파상
구영옥 옮김

있잖아, 언니. 우리가
사랑하는 건 종종 사람이 아니라
사랑 그 자체야. 그날 밤, 언니의
진정한 연인은 달빛이었던 거야.
–〈달빛〉

날씨가 좋았고, 포근했다!
예전 같았으면 이 밤을 얼마나
사랑했을까!
–〈오를라〉

〈목걸이〉의 삽화, 《질 블라 일뤼스트레》(1893) 잡지 표지

그녀는 남들에게 호감을 사고
부러움을 받고, 매력적이고 인기
많은 존재가 되기를 바랐다.
-〈목걸이〉

플로베르는 내게 가르쳐주었다.
'아름다운 주제란 존재하지
않는다. 오직 아름답게 다루는
방식만이 있을 뿐이다.'
— 기 드 모파상, 《피에르와 장》(1888)

당신 말이 옳지만, 사람은 쉽게
바뀌지 않잖아요.
— 〈보석〉

모파상이 태어난 프랑스 노르망디의 미로메닐 성Château de Miromesnil. 이 성은 18세기 프랑스 법무재상이었던 미로메닐 공작의 소유였다. 백성을 사랑한 미로메닐 공작은 죽으면서 이 성을 지역주민들에게 개방했고, 모파상의 부모는 그들에게 호의적이었던 시장과 주임신부에게 부탁해 이 성을 빌려 아들 모파상을 낳았다.

봄은 봄대로 여름은 여름대로
그렇게 가을, 겨울이 많은
사람에게는 새로운 땅에서
새로운 즐거움을 가져다준다는
것조차 그에게는 알 수 없는
일이었다.
-〈첫눈〉

노르망디의 해안 절벽 마을Étretat. 모파상은 이곳에서 여름을 보내며 자랐고, 이 마을을 자신의 이야기들 속에 기록했다고 언급한 바 있다.

일러두기

1. 책에 실린 모파상의 원작은 퍼블릭 도메인이다. 번역 저작권은 유효하며, 도서출판 머묾에 있다. 〈작가에 대하여〉, 〈이 책에 대하여〉는 편집부에서 작성하였다.
2. 본문 주는 옮긴이의 주이다.
3. 도서명은 《 》로, 단편 제목 등은 〈 〉로 표기하였다.

차례

작가에 대하여   19

이 책에 대하여   21

보석   25

목걸이   41

첫눈   61

봄에   79

달빛   93

소풍   103

고백   127

텔리에의 집   139

미친 여자   191

크리스마스이브의 밤 203

시몽의 아빠 215

쥘 삼촌 233

들에서 251

오를라 267

기 드 모파상 Guy de Maupassant, 1850-1893은 1850년 8월 5일, 프랑스 노르망디 지역의 귀족 가문에서 태어났다. 19세기 프랑스를 대표하는 사실주의·자연주의 작가이자, 단편소설의 기틀을 다진 거장으로 널리 인정받는 그는 어린 시절부터 자연과 사람, 삶의 복잡한 감정들에 깊은 관심을 두었으며, 셰익스피어를 좋아하고 영어와 이탈리아어를 구사하는 어머니로부터 예술과 언어, 문학적 감수성에 큰 영향을 받았다.

청년기에는 파리에서 법학을 공부했으나, 프랑스-프로이센 전쟁(1870)에 참전하면서 삶과 인간 본성에 대한 보다 직접적이고 실존적인 체험을 하게 된다. 이 경험은 훗날 그의 다양한 작품을 통해 드러난다.

1880년 에밀 졸라 주도로 만든 공동 단편소설집《메당 야화》에 〈비곗덩어리〉를 발표하며 자신의 재능을 인정받게 된 모파상은 이후 10년 남짓의 짧은 시기 동안 〈목걸이〉, 〈오를라〉, 〈보석〉, 〈시몽의 아빠〉 등 300편이 넘는 단편 소설을 남겼으며, 6편의 장편소설과 에세이, 기행문, 희곡 등도 같은 시기에 집필한 것으로 알려져 있다.

말년에는 매독으로 인한 정신 질환과 환각, 망상에 시달렸으며, 결국 자살을 시도하고 정신병원에 수용됐다. 1893년 7월 6일, 파리에서 42세의 나이로 세상을 떠났다.

이 책《첫눈, 고백La Première Neige, La Confidence》은 모파상이 쓴 300편의 단편 소설 가운데 사랑의 다양한 모습-욕망, 연민, 모성, 환상, 상처, 집착 등-이 담긴 14편의 작품을 엮었다.

모파상은 19세기 러시아의 소설가이자 극작가 안톤 체호프와 함께 단편소설의 시조로 불리며, 인간을 가장 가까이에서 바라본 관찰자로 평가된다. 단편소설은 단순히 짧다는 것을 넘어서 날카로운 시선을 제공한다. 모파상은 압축된 구조 안에서 인물의 심리, 계층 갈등, 사회의 위선을 정확하고도 서늘하게 그려낸다. 그의 소설은 종종 반전으로 마무리되지만, 그것은 단순한 플롯 상의 장치가 아니라 인간에 대한 깊은 관찰과 냉철한 통찰에서 비롯된 결론이었다. 그는 긴 설명이나 감상에 의존하지 않고도, 단 하나의 묘사나 행동으로 인물의 삶 전체를 드러내는 데 탁월한 재능을 가졌다.

또한 모파상은 '사랑'이라는 주제를 섬세하고 예리하게 다룬다. 그에게 사랑은 결코 이상적이거나 낭만적인 감정만은 아니었다. 사랑은 때로 욕망과 위선, 이기심, 연민, 자기기만 속에서 피어나고 스러지는 복잡한 감정이었다. 그는 사랑이 인간 내면의 광기와 약함, 고독과 집착, 환상과 환멸 속에서 어떻게 드러나는지를 무자비할 정도로 솔직하게 묘사했다.

〈소풍〉, 〈봄에〉, 〈크리스마스이브의 밤〉에서는 사랑을 순간의 열정 또는 감각적 욕망으로 그린다. 그것은 지속되지 않고, 잔상만을 남긴 채 지나가 버린다. 〈첫눈〉, 〈미친 여자〉, 〈오를라〉등 에서는 사랑이 부재할 때 나타나는 정신적 균열을 묘사한다. 때로 사랑은 광기, 외로움, 자아 붕괴로 이어지기도 한다. 〈목걸이〉, 〈보석〉에서는 겉모습과 사회적 평가 속에서 진정한 사랑이 왜곡되거나 무시되는 현실을 풍자한다. 〈들에서〉, 〈시몽의 아빠〉, 〈쥘 삼촌〉, 〈텔리에의 집〉에서는 모성, 부성, 인간애로서의 사랑, 따뜻한 시선을 볼 수 있다.

사랑은 모든 것의 공존. 모파상에게 사랑은 완벽하지 않고, 현실에 부딪치며, 때로는 환상적이고, 때로는 깊은 인간애이다.

그의 문학적 행보에 있어 외삼촌의 친구이자 어머니와 친분이 있던 문학적 후원자 귀스타브 플로베르Gustave Flaubert는 결정적인 인물로 꼽힌다. 1856년《보바리 부인Madame Bovary》을 발표하며 프랑스 사실주의 문학의 대표 작가가 된 플로베르는 그에게 철저한 문장 훈련과 'le mot juste'(정확한 단어)를 찾는 문체적 집요함을 가르쳤고, 이를 통해 모파상은 간결하면서도 정밀한 문체를 구축하게 된다. 모파상은 이러한 가르침을 자신의 소설 서문을 통해 밝힌 바 있다.

나는 7년 동안 시를 쓰고, 이야기들을 쓰고, 단편 소설들을 썼으며, 심지어 형편없는 희곡 하나도 썼다. 그러나 그 어떤 것도 남지 않았다.

내 스승은 그것들을 모두 읽고, 그다음 일요일 아침 식사 시간에 비평을 들려주며, 오랜 시간 인내하며 가르친 교훈을 두세 가지 원칙으로 응축시켜 내게 천천히 주입하곤 했다.

"독창성이 있다면, 무엇보다도 그것을 분명히 드러내야 하고, 없다면, 반드시 그것을 획득해야 한다."

"재능이란 오랜 인내다."

표현하고 싶다면 어느 것이든 충분히 오래, 충분히 주의 깊게 바라

봄으로써 아무도 본 적도 말한 적도 없는 한 가지 측면을 발견해 내야 한다. 우리가 세상을 바라볼 때, 이미 누군가가 그 대상에 대해 생각해 둔 방식의 기억을 기반으로 눈을 사용하는 데 익숙해 있기 때문에, 모든 것 속에는 미지의 영역이 존재한다. 가장 사소한 것조차도 약간의 미지를 담고 있다. 그것을 찾아내자. 불타오르는 불꽃 하나와 벌판의 나무 한 그루를 제대로 묘사하려면, 그 불꽃과 나무가 더 이상 우리에게 다른 어떤 불꽃이나 나무와도 닮지 않게 될 때까지 그 앞에 머물러야 한다.

그렇게 할 때 우리는 비로소 '독창적'이 된다.

또한 그는 세상 어디에도 똑같은 두 개의 모래알, 두 마리의 파리, 두 개의 손, 두 개의 코는 존재하지 않는다는 진리를 전제로 두고, 나로 하여금 어떤 인물이나 사물을 몇 개의 문장 안에서 뚜렷이 개별화하여, 같은 종(種)이나 같은 유형의 다른 존재들과 명확히 구별되도록 표현하게 만들었다.

— 기 드 모파상, 《피에르와 장》(1888) 서문 중에

보석

Les Bijoux

보석

Les Bijoux

랑탱 씨는 부서 차장의 집에서 열린 저녁 모임에서 그 젊은 아가씨를 처음 만났고, 사랑의 그물에 포획되었다.

그녀는 몇 년 전에 세상을 떠난 지방 세무서장의 딸이었다. 그 후 어머니와 파리로 올라왔고, 어머니는 주변의 몇몇 부르주아 집안들과 교류하며 딸의 혼처를 찾고 있었다. 그들은 가난했지만 품위 있었고 조용하고 온화했다. 젊은 여성은 신중한 청년이라면 인생을 맡겨보고 싶어 할 정도로 정숙한 여인의 전형처럼 보였다. 그녀의 수수한 아름다움에는 천사 같은 순결함이 스며 있었고 늘 입가에 머무는 희미한 미소는 마음을 비추는 듯했다.

모두가 그녀를 칭찬했다. 그녀를 아는 사람이라면 누구나 끊임없이 이렇게 말했다. "그녀와 결혼하는 사람은 참으로 행복할 거야. 그보다 나은 여인은 없을 테니까."

랑탱 씨는 내무부의 시청 서기로 연봉은 3,500프랑이었다. 그는 그녀에게 청혼했고, 두 사람은 결혼했다.

그는 믿기 어려울 만큼 그녀와 행복한 나날을 보냈다. 그녀는 살림을 알뜰하게 꾸려 겉으로 보기에는 부유하게 사는 것처럼 보였다. 남편에게 세심했고 다정했으며 애정을 아끼지 않았다. 그런 그녀의 매력은 너무나 커서 만난 지 6년이 지났지만 랑탱 씨는 그녀를 처음보다 더욱 사랑하게 되었다.

그럼에도 그는 그녀에게 못마땅한 두 가지가 있었다. 바로 극장에 가는 것과 싸구려 가짜 보석 사기를 좋아하는 것이었다.

그녀는 몇몇 하급 관리의 아내들과 알고 지냈는데, 그 친구들은 유행하는 연극이나 심지어 초연 표까지 구해다 주었다. 랑탱 씨는 마지못해 그녀에게 끌려다녔다. 온종일 일하고 퇴근한 그에게 그런 오락은 피곤한 일이었다.

그래서 그는 아는 부인들과 함께 공연을 보고 집에 데려다달라고 하라며 그녀에게 애원했다. 그녀는 그런 행동이 적절치 않다고 생각해 한동안 승낙하지 않다가 마침내 남편을 위해 마지못해 동의했다. 그는 아내에게 한없이 고마워했다.

연극에 대한 취미는 곧 치장하고 싶은 욕망으로 이어졌다. 그녀의 옷차림은 언제나 세련되고 단정했지만 검소했다. 그녀의 부드럽고 저항할 수 없는 우아함과 겸손하고 쾌활한 성품은 수수한 옷차림 덕분에 더욱 특별하게 느껴질 정도였다. 그러나 그녀는 점차 장신구를 걸치는 습관을 들였다. 다이아몬드처럼 보이는 큼지막한 라인Rhin산 수정 귀걸이를 차고 다니기 시작했고 가짜 진주 목걸이, 도금 팔찌, 온갖 유리 장식이 달린 머리빗들을 사용했다.

남편은 아내가 그런 가짜 장신구를 좋아하는 것이 다소 못마땅해서 종종 이렇게 말했다. "여보, 진짜 보석을 살 형편이 안 되면 당신의 아름다움과 우아함으로 장식하면 되오. 그런 것이야말로 가장 귀한 보석이니까."

그러나 아내는 부드럽게 웃으면서 대꾸하고는 했다. "어쩌겠어요? 난 이런 게 좋은데. 그게 내 약점이에요. 당신 말이 옳지만, 사람은 쉽게 바뀌지 않잖아요. 난 원래 보석을 참 좋아했어요."

그리고는 손가락으로 진주 목걸이를 굴려보고 크리스털 단면이 반짝이는 것을 보면서 말했다. "이것 좀 봐요. 정말 정교하게 만들지 않았어요? 진짜라고 해도 믿겠어요."

그러자 남편도 미소를 지으며 말했다. "당신 취향은 꼭 집시 같군."

가끔 저녁에 두 사람이 벽난로 앞에서 마주 앉아 있노라면 랑탱 씨가 '잡동사니'라고 부르는 그것들을 담아둔 모로코 가죽 상자를 차 탁자 위에 올려놨다. 그녀는 그 가짜 보석들을 유심히 들여다보면서 마치 어떤 은밀하고 깊은 기쁨을 음미하는 듯했다. 그러고는 남편의 목에 진주 목걸이를 걸고는 이렇게 말하며 한바탕 웃는 것이었다. "당신 정말 우스꽝스러워!" 그러다 그를 와락 껴안고 열정적으로 키스했다.

어느 겨울밤, 그녀는 오페라 극장에서 오돌오돌 떨면서 집에 돌아왔다. 그다음 날부터 기침하기 시작했고 일주일 후에 폐렴으로 세상을 떠났다.

랑탱 씨는 아내를 따라 죽을 뻔했다. 절망이 극에 달해서 한 달 만에 머리가 하얗게 셌다. 그는 아침부터 저녁까지 울었고 참을 수 없는 고통으로 마음은 찢어졌으며 아내의 기억, 미소, 목소리 그리고 그녀의 모든 매력이 뇌리에서 떠나지 않았다.

시간이 흘러도 슬픔은 사그라지지 않았다. 사무실에서도 자주 그랬다. 동료들이 그날의 일에 대해 수다를 떨고 있을 때, 갑자기 그의 볼이 부풀고 코가 찡그려지면서 눈에 눈물이 고였다. 그러면서 표정이 일그러지더니 곧 울음을 터뜨렸다.

그는 아내의 방을 그대로 두었고 매일 그 방에 틀어박혀 아내를 떠올렸다. 가구며 심지어 그녀의 옷가지들도 마지막 날 그대로 그 자리에 남아 있었다.

그는 생활이 힘들어졌다. 아내가 관리할 때는 충분했던 급여가 지금은 혼자 사는 데도 빠듯했다. 그런 사실이 놀랍고도 의아했다. 어떻게 아내는 그 적은 돈으로 늘 좋은 와인을 마시게 하고 지금은 살 수도 없는 귀한 음식들을 먹게 할 수 있었던 것인지.

그는 조금씩 빚을 지기 시작했고 궁여지책으로 돈을 구하러 이리저리 뛰어다녔다. 그러던 어느 날 아침, 월말까지 아직 한 주나 남았는데도 돈 한 푼이 없자 무언가를 팔아야겠다는 생각이 들었다. 그 순간 아내의 '잡동사니'들을 처분해야겠다고 마음먹었다. 예전부터 마음속 깊은 곳에서 그 '눈속임'에 불과한 것들이 불쾌했기 때문이다. 매일 그것들을 보기만 해도 사랑하는 아내에 대한 기억조차 점차 흐려지는 듯한 기분이었다.

그는 아내가 남긴 가짜 장신구 더미를 오랫동안 뒤졌다. 아내는 죽기 직전까지도 고집스럽게 그것들을 사 모았고 거의 매일 밤 새로운 장신구를 하나씩 들고 돌아왔다. 그는 아내가 특히 좋아하던 큰 목걸이를 하나 골랐다. 가짜치고는 정교하게 만들어져 있어서 그는 6프랑이나 8프랑쯤 되지 않을까 짐작했다.

그는 목걸이를 주머니에 넣고 대로변을 따라 관청 쪽으로 걸으며 믿을 만한 보석상을 찾았다.

마침내 괜찮아 보이는 가게가 하나 눈에 들어와 안으로 들어갔다. 싸구려 물건을 팔러 다닌다는 사실 자체가 부끄러웠다. 그는 보석상에게 말했다.

"이 물건의 값을 알고 싶은데요."

그는 물건을 받아서 이리저리 살펴보고 무게를 재본 뒤, 확대경을 꺼내 들었다. 그리고 다른 직원을 불러 조용히 이야기를 나눈 후에, 계산대에 목걸이를 내려놓고 멀찍이서 한참을 평가했다.

랑탱 씨는 그런 절차들이 거북해 '아! 아무런 가치도 없는 물건인 건 압니다.'라고 말하려는 찰나에 보석상이 말했다.

"손님, 이 물건은 1만 2천에서 1만 5천 프랑 정도입니다. 그런데 정확히 어디서 구매하셨는지 알려주시면 제가 매입하겠습니다."

랑탱 씨는 눈이 커지고 입을 딱 벌린 채 아무런 대답도 하지 못했다. 마침내 그는 더듬거리며 말했다. "뭐라고요?… 정말입니까?" 그러자 보석상이 그가 놀란 이유를 오해하고 건조한 말투로 대꾸했다.

"더 많이 쳐주는 곳이 있으면 거기에 팔아 보세요. 제 기준으로는 최대 1만 5천 프랑까지입니다. 더 나은 곳을 못 찾으시면 다시 오셔도 됩니다."

랑탱 씨는 완전히 얼이 빠져서 목걸이를 들고나왔다. 혼자 조용히 생각할 곳을 찾고 싶었다.

그런데 거리로 나오자마자 그는 웃음이 치밀어 올랐고 이렇게 생각했다. '멍청하기는! 아! 멍청하기 짝이 없어! 그 말을 믿고 팔았으면 어땠을까! 진짜랑 가짜도 구별 못 하는 보석상이 다 있군!'

그는 뤼 드 라 페 입구에 있는 다른 보석상으로 들어갔다. 보석상은 목걸이를 보자마자 외쳤다. "아! 물론이죠. 이 목걸이를 잘 압니다. 우리 가게 물건이에요."

랑탱 씨는 몹시 당황해서 물었다. "그럼 얼마짜리인가요?"

"손님, 이건 제가 2만 5천 프랑에 판매한 겁니다. 법적 절차상 이 보석을 어떻게 가지고 계시는 건지 알려주시면 1만 8천 프랑에 다시 사겠습니다." 이번에는 랑탱 씨가 충격에 휩싸여 털썩 주저앉아버렸다. 그는 다시 말했다. "그런데… 그런데 다시 잘 살펴보세요. 저는 지금껏 이게… 가짜인 줄 알고 있었습니다."

보석상이 다시 물었다. "성함을 말씀해 주시겠습니까, 손님?"

"물론입니다. 제 이름은 랑탱이고 내무부에서 일하고 있습니다. 주소는 마르티르 거리 16번지입니다.”

보석상은 장부에서 이름을 확인하기 시작했고 곧 이렇게
말했다.

“이 목걸이는 실제로 1876년 7월 20일에 마르티르 거리
16번지 랑탱 부인 앞으로 배송된 것이 맞습니다.”

두 사람의 눈이 마주쳤다. 남편은 눈이 휘둥그레졌고 보석
상은 도둑이 아닌지 의심하는 눈치였다.

보석상이 말을 이었다.

“이 물건을 하루 동안만 저한테 맡겨주시겠습니까? 보관증
을 드리겠습니다.”

랑탱 씨는 더듬거리며 말했다. “네, 물론이죠.” 그리고 그는
보관증을 접어 주머니에 넣고 가게를 나섰다.

그는 길을 건넌 뒤, 거리를 거슬러 올라갔다가 길을 잘못
들었다는 것을 깨닫고 다시 튈르리 쪽으로 내려갔다. 센 강을
건너 또다시 길을 잘못 든 것을 알고 아무 생각 없이 샹젤리제
거리로 되돌아왔다. 이성적으로 생각하고 이해하려고 애썼다.
아내가 그렇게 비싼 물건을 살 수 있었을 리가 없었다. ‘절대
로. 그렇다면 선물이었다는 말인가! 누구에게서? 왜?’

그는 발걸음을 멈춘 채, 거리 한복판에 우두커니 서 있었
다. 끔찍한 의심이 그의 머릿속을 스쳐 갔다. ‘아내가? 다른 장

신구들도 전부 선물이었다는 말인가!' 그때 땅이 흔들리는 것 같았고 눈앞에서 나무가 쓰러지는 듯했다. 그는 두 팔을 허공에 뻗으며 정신을 잃고 쓰러졌다.

그는 행인들이 데려간 약국에서 정신을 차렸다. 집에 데려다 달라고 했고 도착하자마자 방에 틀어박혔다.

밤이 될 때까지 그는 절망에 빠져 울었고 소리가 새어 나가지 않도록 입에 손수건을 물었다. 그는 피로와 슬픔에 짓눌린 채 침대에서 깊은 잠에 빠졌다.

다음 날 햇살 한 줄기가 그를 깨웠다. 그는 천천히 일어나 내무부로 출근할 준비를 했다. 그런 충격을 겪고 나서 출근한다는 것은 쉽지 않은 일이었다. 결국 상사에게 편지로 결근한다고 알려야겠다고 마음먹었다. 그리고 보석상에 다시 가야 한다는 사실이 떠올랐다. 수치심에 얼굴이 화끈거렸다. 그는 한참을 고민했다. 그렇다고 목걸이를 거기에 계속 맡겨둘 수도 없는 노릇이었다. 그는 옷을 입고 밖으로 나섰다.

날씨는 맑고 파란 하늘이 도시 위로 펼쳐져 있었다. 도시는 마치 미소를 짓는 것 같았다. 산책하는 사람들이 주머니에 손을 넣은 채 그의 앞을 지나갔다.

랑탱 씨는 그들을 보면서 생각했다. '돈만 있으면 사람은 참 행복하지. 돈이 있다면 슬픔도 떨쳐낼 수 있고 원하는 곳

어디든 갈 수 있고 여행도 다니며 즐겁게 살 수 있어! 아! 내가 부자였다면!’

그는 이틀 전부터 아무것도 먹지 않았다는 사실을 깨닫고 허기를 느꼈다. 하지만 주머니는 텅 비어 있었고 그 순간 목걸이가 생각났다. 1만 8천 프랑! 1만 8천 프랑이라니! 큰돈이었다.

그는 뤼 드 라 페 거리로 가서 보석상 맞은편 인도를 이리저리 배회하기 시작했다. 1만 8천 프랑! 그는 스무 번쯤 안으로 들어가려다가 말았다. 그때마다 수치심이 들었던 것이다.

하지만 그는 배가 고팠다. 너무 허기졌지만 단 한 푼도 없었다. 그는 갑자기 결심을 굳히고 생각할 틈이 없도록 거리를 가로질러 곧장 보석상 안으로 뛰어 들어갔다.

보석상은 그를 보자마자 환대했다. 친절하게 웃으면서 의자에 앉으라고 권했다. 점원들도 모여들어 눈과 입가에 웃음을 머금고 그를 곁눈질로 바라보았다.

보석상이 말했다. “손님, 제가 알아봤습니다만, 여전히 같은 의향이시다면 제가 제안 드린 금액은 바로 드릴 수 있습니다.”

랑탱은 우물쭈물 말했다. “물론입니다.”

보석상은 서랍에서 지폐 18장을 꺼내 천천히 세어 건넸고 랑탱은 작은 영수증에 서명한 뒤 떨리는 손으로 돈을 받아 주머니에 넣었다.

그러고는 나가려던 참에 여전히 웃고 있는 보석상을 향해 시선을 떨구면서 물었다. "저한테… 저는… 다른 보석들도 있습니다만… 똑같이 받은 것이요… 그러니까 같이 유산으로 받은 것인데요. 혹시 그것들도 팔 수 있을까요?"

보석상은 고개를 끄덕이며 말했다. "물론입니다, 손님."

그때 점원 한 명이 밖으로 나가 실컷 웃었고 다른 한 명은 코를 세게 풀었다.

랑탱은 무표정했지만 얼굴을 붉히며 진지하게 말했다. "보석들을 가져올게요."

그는 보석을 가지러 마차를 탔다.

한 시간 후, 그는 점심도 거른 채 보석상으로 돌아왔다. 그들은 보석 하나하나 감정하기 시작했다. 거의 모든 보석이 그 가게에서 판 물건들이었다.

이제 랑탱은 감정가를 흥정하고 화도 내고 장부를 보여달라고 요구하기도 했다. 합계가 커질수록 목소리도 점점 커졌다.

대형 다이아몬드 귀걸이들은 2만 프랑, 팔찌들은 3만 5천 프랑, 브로치, 반지, 목걸이 펜던트 들이 1만 6천 프랑, 에메랄드와 사파이어 세트는 1만 4천 프랑, 금목걸이에 달린 솔리테르*는 4만 프랑으로 총 19만 6천 프랑에 달했다.

보석상은 능청스럽게 놀리듯이 말했다. "보석에 모든 저축을 투자한 분에게서 온 거군요."

랑탱이 진지하게 대답했다. "돈을 굴리는 한 가지 방법이죠." 그리고 그는 다음 날 보석상과 다시 감정하기로 하고 가게를 떠났다.

그는 거리로 나와 방돔 광장에 있는 기둥을 올려다보며 마치 축제 장대처럼 기둥 꼭대기까지 기어 올라가고 싶은 욕구가 생겼다. 하늘을 향해 우뚝 솟아 있는 나폴레옹 황제의 동상을 말뚝박기 하듯 가볍게 뛰어넘을 수 있을 것만 같은 기분이었다.

그는 부아쟁 레스토랑에서 점심을 먹으며 한 병에 20프랑짜리 와인을 마셨다.

그런 다음 그는 마차를 타고 불로뉴 숲 근처를 한 바퀴 돌았다. 그는 지나가는 마차들을 다소 하찮게 바라보고 길을 걷는 사람들에게는 이렇게 소리치고 싶었다. "나도 부자다. 나에게는 20만 프랑이 있다!"

그는 자신이 근무하던 내무부가 생각났다. 사무실에 가서

---

* 보석을 한 개만 넣어서 만든 장신구를 말한다.

상사의 사무실에 들러 이렇게 말했다. "사직서를 제출하러 왔습니다. 30만 프랑을 상속받았습니다." 오래 알고 지낸 동료들과 악수를 나누고 새로운 계획을 털어놓았다. 그런 다음 카페 앙글레로 가서 저녁을 먹었다.

옆에 앉은 품위 있어 보이는 신사에게 약간 으스대는 마음으로 자신이 40만 프랑을 상속받았다고 말하지 않고는 못 견뎠다.

그는 평생 처음으로 연극이 지루하지 않았고 여자들과 밤을 보냈다.

6개월 후, 그는 재혼했다. 두 번째 부인은 매우 정직했지만 성격이 까다로워 그는 평탄하지 않았다.

목걸이

La Parure

목걸이

La Parure

그녀는 예쁘고 매력적인 아가씨였다. 마치 운명이 실수라도 한 듯 하급 관리의 가정에서 태어났다. 그녀는 지참금도 희망도 없었다. 부자에다 교양 있는 남자의 눈에 띄어서 사랑받고 결혼할 가능성은 더더욱 없었다. 그래서 그녀는 교육부에서 일하는 말단 사무원과 결혼했다.

그녀는 꾸미고 다닐 여유가 없어서 소박하게 살았는데, 낙오자가 된 것만 같아서 불행했다. 여자들에게 신분이나 가문은 아무 소용이 없어서 아름다움과 우아함, 매력만이 곧 신분이자 가문이기 때문이다. 타고난 섬세함과 본능적인 우아함 그리고 유연한 정신이 곧 그들의 유일한 위계이며 이런 것을 갖추었다면 평민의 딸들도 고귀한 귀부인들과 어깨를 나란히 할 수 있다.

그녀는 끊임없이 괴로워했다. 자기가 온갖 섬세함과 사치를 위해 태어난 것만 같았기 때문이다. 그녀는 자신의 집이 가난한 것, 벽지가 초라한 것 그리고 의자가 닳아빠진 것, 옷감이 저렴한 것이 괴로웠다. 같은 계급의 다른 여자들이라면 마음에 두지 않았을 모든 것이 그녀를 괴롭게 하고 화나게 했다. 브르타뉴 출신의 하녀가 집안일하는 모습을 볼 때면 서글픈 후회와 절망적인 꿈이 되살아나고는 했다. 벽을 동양풍의 장식 천으로 꾸미고 높이 솟은 청동 촛대로 환하고 조용한 대기실에서 짧은 제복 바지를 입은 두 하인이 넓은 안락의자에 앉아 난방기의 무거운 열기에 졸고 있는 모습을 떠올렸다. 또한 고풍스러운 비단으로 장식되어 있고 귀한 장식품이 놓인 세련된 가구 그리고 향기가 은은하게 퍼지는 아담한 응접실을 상상했다. 친한 친구들과 오후 5시에 담소를 나누고 모든 여성이 관심을 받고 싶어 하는 유명하고 인기 있는 남자들을 맞이하는 완벽한 응접실을 꿈꿨다.

그녀는 저녁 식사를 할 때면 사흘째 쓰고 있는 식탁보가 덮인 둥근 식탁 앞에서 만족스러운 표정으로 뚜껑을 여는 남편과 마주 앉아 있다. 그때마다 남편은 "아! 맛있는 고기 스튜! 세상에서 이보다 더 맛있는 건 없어…"라고 말했다. 그러면 그녀는 근사한 만찬, 빛나는 은 식기들, 고대 인물들과 신비로운 숲속의 기이한 새들이 수놓아진 태피스트리로 가득 채운 벽을 떠올렸다. 아름다운 그릇에 담겨 나온, 살굿빛 송어 살이나 들꿩 날개 같은 산해진미를 즐기면서 수수께끼 같은 미소를 머금은 채 이야기를 나누는 모습을 상상했다.

그녀는 변변한 옷도, 장신구도 전혀 없었다. 그런데도 그녀는 그런 것들만을 사랑했다. 자신이 그런 것들을 위해 태어났다는 기분이 들었기 때문이다. 그녀는 남들에게 호감을 사고 부러움을 받고, 매력적이고 인기 많은 존재가 되기를 바랐다.

그녀에게는 부유한 친구가 한 명 있었다. 수도원 시절 친구였지만 이제는 그 친구를 찾아가지 않았다. 만나고 오면 너무도 괴로웠기 때문이다. 슬픔과 후회, 절망, 고통 속에서 며칠을 눈물로 지샜던 것이다.

＊

어느 날 저녁, 남편이 자부심에 찬 얼굴로 손에 커다란 봉투를 하나 들고 돌아왔다.

"자, 여기 당신에게 줄 게 있어요." 하고 그가 말했다.

그녀는 재빨리 봉투를 찢어 인쇄된 초대장을 꺼냈다. 초대장에는 이렇게 적혀 있었다.

"교육부 장관 조르주 랑포노 부부는 루아젤 부부께서 1월

18일 월요일 저녁, 관저에서 열리는 만찬회에 참석해 주시길 바랍니다."

남편의 기대와는 달리 그녀는 기뻐하기는커녕 짜증이 난 표정으로 초대장을 식탁 위에 던지며 낮게 중얼거렸다.

"그래서 뭘 어쩌라는 거예요?"

"아니 여보, 난 당신이 기뻐할 줄 알았어요. 당신은 늘 집에만 있잖소. 만찬회는 근사할 거예요! 이 초대장을 받으려고 정말 고생했소. 다들 받고 싶어 했거든. 이런 건 하급 관리에게는 잘 돌아오지 않아요. 만찬회에 가면 고위 인사들을 모두 만날 수 있다고."

그녀는 성가신 눈길로 남편을 바라보며 참지 못하고 이렇게 말했다.

"그럼 거기에 입고 갈 게 뭐가 있단 말이에요?"

그는 미처 그런 생각까지는 못 했기 때문에 더듬거리며 말했다.

"왜… 극장에 갈 때 입은 드레스가 있잖소. 내가 보기엔 아주 괜찮아 보였는데…"

그는 아내가 울고 있는 모습을 보고 어찌할 바를 몰라 말문이 막혀 버렸다. 굵은 눈물방울이 눈가에서 입가로 천천히 흐르고 있었다. 그는 더듬대며 말했다.

“왜 그래? 대체 왜 그러는 거요?

그러나 그녀는 안간힘으로 슬픔을 억누르고 촉촉해진 뺨을 닦으며 침착하게 대답했다.

“아무것도 아니에요. 다만 입고 갈 옷이 없어서 그 연회에는 갈 수 없어요. 그 초대장은 나보다 더 잘 차려입을 수 있는 아내가 있는 동료에게 주세요.”

그는 안타까워하며 말했다.

“자, 마틸드. 적당한 외출복을 하나 사려면 얼마나 들까? 다른 행사에서도 입을 수 있는 그런 수수한 옷 말이오.”

그녀는 잠시 생각에 잠겼다. 비용을 계산하면서, 검소한 하급 관리 남편이 단칼에 거절하거나 기겁하지 않을 만큼의 금액이 얼마일지 가늠하고 있었다.

그녀가 마침내 머뭇거리며 대답했다.

“정확하진 않지만, 내 생각에 400프랑 정도면 될 것 같아요.”

그의 얼굴이 약간 창백해졌다. 딱 그 정도의 돈을 모아두었기 때문이다. 엽총을 사서 돌아오는 여름에 일요일마다 낭테르 들판으로 친구들과 종달새 사냥을 하러 갈 요량이었다.

그런데도 그는 말했다.

“좋아. 400프랑 줄게요. 하지만 꼭 괜찮은 드레스를 사도록 해요.”

만찬회 날이 다가오자 루아젤 부인은 침울하고 불안해 보였다. 옷은 마련해 두었지만 마음은 편치 않았다. 어느 날 저녁 남편이 말했다.

"무슨 일 있소? 요새 당신 좀 이상해 보여."

그러자 그녀는 대답했다.

"걸칠 만한 장신구도, 보석도 하나 없다는 게 속상해요. 너무 초라해 보일 것 같아요. 차라리 만찬회에 가지 않는 게 나을 것 같아요."

그는 다시 말했다.

"생화라도 달고 가면 어떻소. 지금 계절에는 그게 멋져 보여. 10프랑이면 예쁜 장미 두세 송이는 살 수 있을 거요."

그러나 그녀의 마음은 조금도 누그러지지 않았다.

"아니에요… 부자 여자들 사이에서 가난해 보이는 것만큼 창피한 일은 없어요."

"바보 같기는! 포레스티에 부인한테 보석을 빌려달라고 해 봐요. 친구 사이에 그 정도는 충분히 부탁할 수 있잖소."

그녀는 기뻐서 탄성을 질렀다.

"맞아요. 그 생각은 전혀 못 했어요."

다음 날, 그녀는 친구를 찾아가 곤란한 사정을 이야기했다.

포레스티에 부인은 거울이 달린 옷장에서 커다란 보석 상자를 꺼내 오더니 열면서 말했다.

"골라 봐, 내 친구."

그녀는 처음에는 팔찌를, 그다음에는 진주 목걸이를 그리고 금과 보석으로 정교하게 만든 베네치아 십자가를 보았다. 그녀는 장신구를 착용하고 거울에 자신을 비춰보았다. 마음을 정하지도 보석들을 벗어 돌려주지도 못한 채 망설였다.

"다른 건 더 없어?"

"당연히 더 있지. 찾아봐. 네가 뭘 좋아할지 모르겠네."

그러다 갑자기 그녀는 검은색 새틴으로 감싼 상자 속에서 눈부신 다이아몬드 목걸이를 하나 발견했다. 강렬한 욕망에 심장이 세차게 뛰기 시작했다. 떨리는 손으로 목걸이를 집어 들었다. 목이 높은 드레스 위로 목걸이를 걸고 거울에 비춰보며 자신에게 도취된 듯 서 있었다.

그런 다음, 그녀는 망설이며 조심스럽게 물었다.

"이것만 빌려줄 수 있어?"

"물론이지, 그럼."

그녀는 친구의 목을 와락 껴안으며 열정적으로 입을 맞춘 뒤, 그 보물을 품에 안고 집으로 향했다.

✳

만찬회 날이 되었다. 루아젤 부인은 큰 인기를 끌었다. 그녀는 누구보다 아름답고 우아했으며 사랑스럽고 기쁨에 넘쳐 연신 미소 짓고 있었다. 모든 남자가 그녀를 바라보았고 이름을 물었으며 소개받고 싶어 했다. 각 부처의 보좌관들도 그녀와 춤추고 싶어 했고 장관도 그녀를 눈여겨보았다.

그녀는 황홀하게 춤을 추었고 기쁨에 도취되어서 아무런 생각도 들지 않았다. 자신의 아름다움이 승리한 그 순간, 성공의 영광 속에서 수많은 찬사와 감탄으로 욕망이 깨어났고 여자들의 마음을 채워주는 승리감에 취해 행복한 구름 위에 떠 있는 듯했다.

그녀는 새벽 4시쯤 자리를 떠났다. 아내가 다른 세 남자와 한창 즐거운 시간을 보내는 동안 남편은 자정부터 텅 빈 응접실에서 잠들어 있었다.

그는 아내가 나갈 때 입을 수 있도록 가져온 평범한 외출복을 걸쳐주었다. 만찬회 드레스의 우아함과는 어울리지 않는 초라한 옷이었다. 그것을 느끼자 그녀는 비싼 모피로 몸을 감싼 다른 부인들의 눈을 피해 달아나고 싶어졌다.

그러나 루아젤은 그녀를 붙잡으며 말했다.

“잠깐만. 그러고 밖에 나가면 감기 걸릴지 몰라요. 내가 마차를 부르겠소.”

그러나 그녀는 남편의 말을 듣지 않고 계단으로 급히 내려갔다. 거리로 나왔지만 마차 한 대 보이지 않았다. 멀리서 지나가는 마부를 향해 소리쳤지만 소용없었다.

낙심한 그들은 추위로 몸을 떨며 센 강 쪽으로 내려갔다. 마침내 강변에서 낡은 마차를 발견했다. 마치 파리에서 낮에는 초라한 모습을 보이기 싫어 부끄러운 듯 숨어 있다가 밤에만 모습을 드러내는 그런 낡은 마차 같았다.

마차는 마르티르 거리에 있는 집까지 그들을 데려다주었고 그들은 씁쓸한 마음으로 집으로 올라갔다. 그녀에게는 모든 것이 끝난 것과 마찬가지였다. 그리고 남편은 내일 10시까지 부처에 가야 한다고 생각하고 있었다.

그녀는 거울 앞에서 어깨에 걸쳐진 겉옷을 벗었다. 한 번 더 자신의 영광스러운 모습을 보고자 했다. 그때 갑자기 그녀는 비명을 질렀다. 목에 걸려 있던 다이아몬드 목걸이가 사라진 것이다.

남편이 옷을 벗다 말고 물었다.

“무슨 일이오?”

그녀는 겁에 질려 남편을 향해 돌아보았다.

“내… 내가… 차고 있던 포레스티에 부인의 목걸이가 없어요.”

그는 당황해서 자리에서 벌떡 일어섰다.

“뭐…! 어쩌다가…! 그럴 리가 있나!”

그리고 두 사람은 드레스의 주름 사이, 외투의 주름 사이, 주머니 속, 모든 곳을 샅샅이 뒤졌다. 하지만 목걸이는 어디에도 없었다.

그가 물었다.

“만찬회에서 나올 때까지만 확실히 있었소?

“네, 관저 현관에서 목걸이를 만졌었어요.”

“그런데 거리에서 떨어뜨렸다면 그 소리를 못 들었을 리 없어. 분명 마차에서 떨어진 거요.”

“맞아요. 그런 것 같아요. 혹시 번호 알고 있어요?”

“아니, 난 없어. 당신은, 당신은 못 봤소?”

“못 봤어요.”

둘은 망연자실한 채로 서로를 바라보았다. 결국 루아젤이 옷을 다시 입으며 말했다.

“내가 가보겠소. 우리가 걸었던 길을 다시 밟아보면, 혹시 찾을 수 있을지도 모르오.”

그러고는 밖으로 나갔다. 그녀는 침대에 누울 힘도 없어 난

방도 켜지 않고 외출복 차림 그대로 의자에 털썩 주저앉았다. 아무런 생각도 들지 않았다.

남편은 아침 7시쯤 돌아왔다. 목걸이는 찾지 못했다.

그는 경찰서와 신문사에 가서 사례금을 걸었고 마차 회사들을 찾아다녔다. 조금이라도 희망이 있는 곳이라면 어디든 찾아갔다.

그녀는 종일 멍하니 앉아 있었다. 그 끔찍한 일 앞에서, 여전히 혼이 빠진 듯했다.

루아젤은 저녁이 되어서야 돌아왔는데 얼굴이 파리하고 수척해져 있었다. 그는 아무것도 찾아내지 못했다.

"포레스티에 부인에게 목걸이 잠금장치가 부서져서 수리를 맡겼다고 쓰시오. 그러면 대책을 세울 시간을 벌 수 있을 거요."

그녀는 남편이 불러주는 대로 편지를 썼다.

✳

일주일이 지나고 그들은 모든 희망을 잃었다.

그 사이에 루아젤은 5년은 늙어버린 것 같았다.

"똑같은 보석으로 돌려주는 수밖에 없겠어."

다음 날, 두 사람은 목걸이가 들어 있던 상자를 들고 그 안에

적힌 이름의 보석상에게 갔다. 보석상은 장부를 보고 말했다.

"이 목걸이는 제가 판 게 아닙니다. 저는 상자만 드렸어요."

그러자 그들은 보석상을 하나하나 들리면서 기억을 더듬어 가며 똑같은 목걸이를 찾으려고 했다. 그러면서 슬픔과 불안에 시달렸다.

마침내 팔레 루아얄의 한 가게에서 그들이 찾던 다이아몬드 목걸이와 똑같아 보이는 다이아몬드 목걸이를 발견했다. 값은 4만 프랑이었지만, 3만 6천 프랑에 주겠다고 했다.

그들은 보석상에게 사흘 동안 목걸이를 팔지 말아 달라고 사정했다. 그리고 2월 말 이전에 원래 목걸이를 다시 찾게 되면 이 목걸이를 3만 4천 프랑에 되파는 조건을 내걸었다.

루아젤은 아버지에게서 물려받은 1만 8천 프랑을 가지고 있었다. 나머지 돈은 빌려야 했다.

그는 돈을 꾸러 다니면서 이 사람에게는 1천 프랑을, 저 사람에게는 500프랑을, 여기서는 5루이를, 저기서는 3루이를 닥치는 대로 빌렸다. 그는 차용증을 쓰고 파산에 가까운 조건을 받아들이며 고리대금업자와 대부업자들에게 돈을 빌렸다. 자신의 남은 인생 전체를 담보로 잡혔고 갚을 수 있을지도 모르면서 서명했다. 미래에 대한 불안, 곧 닥쳐올 극심한 가난 그리고 육체적 결핍과 정신적 고통을 떠올리면서 몸서리쳤다. 마침내 3만 6천 프랑을 상인에게 건네고 새 목걸이를 받아왔다.

마틸드는 목걸이를 포레스티에 부인에게 돌려주었다. 그때 그녀는 약간은 언짢은 표정으로 말했다.

"좀 더 일찍 돌려줬어야지. 내가 필요한 일이 생길지도 모르잖아."

그녀는 상자를 열어보지 않았다. 그것이 마틸드가 걱정했던 점이었다. 만약 포레스티에 부인이 목걸이가 바뀐 것을 눈치채기라도 했다면 무슨 생각을 했을까? 뭐라고 말했을까? 혹시 도둑이라고 여기지 않았을까?

✳

루아젤 부인은 궁핍한 삶이 얼마나 끔찍한지 알게 되었다. 그녀는 용감하게 현실을 받아들였다. 그 큰 빚을 갚아야 했다. 그녀는 모두 갚을 작정이었다. 하녀를 내보내고 집을 옮겼으며 작은 다락방에 세를 들었다.

그녀는 힘든 집안 일과 주방의 고된 허드렛일을 직접 했다. 기름 묻은 그릇과 냄비 바닥을 분홍빛 손톱이 닳도록 설거지했다. 지저분한 내의와 셔츠, 행주를 비누로 빨아 줄에 널어

말렸다. 매일 아침 쓰레기를 들고 거리로 나갔다. 물을 길어 올라올 때면 층마다 숨을 몰아쉬며 쉬어야 했다. 서민 여자들처럼 옷을 입고 과일 가게, 식료품 가게, 정육점에 들렀다. 팔에 바구니를 걸고 욕을 들으면서도 값을 깎고 한 푼이라도 아끼려고 애썼다.

매달 어음을 갚아야 했고 갱신해야 했으며 돈을 마련할 시간을 벌어야 했다.

남편은 저녁마다 한 상인의 장부를 정리하는 일을 했고 밤에는 종종 장당 5수를 받고 서류를 작성했다.

그런 삶이 10년 동안 지속되었다.

10년이 지나자 그들은 마침내 모든 빚을 갚았다. 고리에 복리로 불어난 이자까지 전부 갚았다.

루아젤 부인은 늙어 있었다. 그녀는 가난한 집의 여자처럼 강하고, 거칠고, 투박해졌다. 머리는 헝클어져 있고 치마는 한쪽으로 돌아가 있었으며 손은 빨갛게 부르텄다. 그녀는 목소리가 커졌고 바닥을 물로 휘저으며 청소했다. 그러나 때로는 남편이 출근하고 나면 창가에 앉아 예전 어느 날 밤을 생각하고는 했다. 자신이 참으로 아름다웠고 모두의 관심을 받았던 그 만찬회 날 말이다.

그 목걸이를 잃어버리지 않았더라면 어땠을까? 누가 알겠는가? 누가 알겠는가? 삶이란 얼마나 기이하고 변덕스러운가! 얼마나 사소한 일로 사람을 망치고 구원하는가!

＊

그러던 어느 일요일, 루아젤 부인은 한 주 동안의 고된 집안일에서 잠시 벗어나고자 샹젤리제 거리로 산책하러 나갔다. 그때 아이를 데리고 산책하던 한 여인이 눈에 들어왔다. 바로 포레스티에 부인이었다. 여전히 젊고 아름답고 매력적인 모습 그대로였다.

루아젤 부인은 감정이 북받쳤다. 말을 걸어야 하나, 말아야 하나? 그래, 당연히 걸어도 되지. 이제 빚도 모두 갚았으니 전부 말할 수 있다. 왜 안 되겠는가? 그녀는 다가갔다.

"오랜만이야, 잔느."

포레스티에 부인은 그녀를 전혀 알아보지 못했다. 이렇게 수수한 여자가 다정하게 이름을 부르자 놀라는 눈치였다. 그녀는 더듬거리며 말했다.

"그런데… 부인…! 저는 당신을 모르겠는데요… 사람을 착각하신 것 같아요."

"아니야. 나야, 마틸드 루아젤."

그녀의 친구가 소리를 질렀다.

"오…! 세상에, 마틸드, 너 정말 많이 변했구나…!"

"못 본 사이에 정말 힘든 시기를 보냈어. 온갖 고생을 다 했어… 너 때문이었어…!"

"나 때문이라니… 무슨 말이야?"

"너한테 빌린 그 다이아몬드 목걸이 기억하지? 그걸 하고 장관 파티에 갔잖아."

"그래, 기억나. 그게 왜?"

"그걸 잃어버렸었어."

"무슨 말이야! 나한테 돌려줬잖아?"

"너한테 똑같은 목걸이를 사서 돌려줬던 거야. 그리고 그걸 갚느라 10년이 걸렸지. 우린 가진 게 아무것도 없었으니까 그동안 얼마나 힘들었는지 알겠지… 하지만 이제는 다 끝났어. 이젠 홀가분해."

포레스티에 부인은 멈춰 섰다.

"내 목걸이를 대신해서 똑같은 다이아몬드 목걸이를 샀다고?"

"응. 너는 눈치도 못 챘지? 정말 똑같았으니까."

그녀는 천진난만하면서도 자부심 어린 미소를 지었다.

그러자 포레스티에 부인은 크게 감동한 듯, 마틸드의 두 손을 붙잡고 말했다.

"오! 불쌍한 마틸드! 내 목걸이는 가짜였어. 기껏해야 500프랑밖에 안 하는 목걸이…!"

첫눈

Première Neige

첫눈

크루아제트의 긴 산책로는 푸른 바닷가를 따라 부드럽게 굽어 있다. 오른쪽 멀리, 에스테렐 산맥이 바다 속으로 길게 뻗어 들어가며, 그 뾰족하고 기묘한 봉우리들이 남부 특유의 아름다운 장식처럼 지평선을 막고 있다.

왼편에는 생마르그리트 섬과 생오노라 섬이 물 위에 누워, 소나무로 덮인 산등성이를 드러내고 있다.

그리고 넓은 만을 따라 칸 지방을 감싸고 앉은 거대한 산들을 따라서 놓인, 하얀 별장들이 햇살 속에 조는 듯하다. 멀리서 보면 밝은 집들이 산 위부터 아래까지 흩어져 있어 짙은 녹음에 하얀 눈송이를 흩뿌린 듯 보인다.

물가에 자리한 집들은 넓은 산책로로 철책문을 열고, 잔잔한 물결이 그 발치까지 와서 부드럽게 어루만진다. 날씨는 쾌청하고 온화하다. 옅은 한기만이 스쳐 가는 따스한 겨울날이다. 정원 벽 너머로 금빛 열매를 맺은 오렌지 나무와 레몬 나무들이 보인다. 부인들은 모랫길을 천천히 걷고 아이들은 굴렁쇠를 굴리거나 신사들과 이야기를 나누며 뒤따른다.

한 젊은 여인이 크루아제트 거리에 면한 작고 아담한 집에서 막 나왔다. 그녀는 잠시 멈춰 서서 산책하는 사람들을 바라보며 미소 짓고 무거운 발걸음으로 바다 맞은편의 빈 벤치로 향했다. 스무 걸음도 채 못 가서 숨이 차고 헐떡이며 벤치에 앉았다. 얼굴은 너무 창백해서 송장처럼 보인다. 그녀는 기침하면서 지친 몸이 들썩이는 것을 막으려고 투명한 손가락을 입술로 가져갔다.

그녀는 햇살과 제비로 가득한 하늘을 올려보았다. 에스테렐의 기묘한 산봉우리들, 그리고 바로 가까이에 너무나도 푸르고 고요하며 아름다운 바다가 있다.

그녀는 다시 미소 지으면서 중얼거렸다.

“아! 행복해라.”

그녀는 분명 알고 있다. 자신이 곧 죽게 되리라는 것을, 다가올 봄을 볼 수 없다는 것을, 내년 이맘때, 산책로를 따라 지금 그녀 곁을 지나가는 이 사람들이 다시 이 온화한 고장의 따뜻한 공기를 마시러 오리라는 것을. 조금 더 자란 아이들과 함께, 여전히 희망과 애정, 행복으로 가득 찬 마음을 안고서. 그때쯤이면 그녀는 참나무 관 속에서 살이 썩고 직접 수위로 고른 비단옷 속에 오직 뼈만이 누워 있으리라는 것을.

그녀는 더 이상 이 세상에 존재하지 않을 것이다. 삶의 모든 것은 다른 이들을 위해 계속될 것이다. 그녀에게는 끝이다. 영원한 종말이다. 그녀는 미소 지으며 정원의 향기로운 숨결을 병든 폐로 할 수 있는 만큼 한껏 들이마셨다.

그리고 그녀는 생각에 잠겼다.

그녀는 추억해보았다. 4년 전에 노르망디 출신의 신사와 결혼했다. 건장한 체격에 수염이 덥수룩하고 혈색이 좋았으며 어깨가 넓은 남자였다. 머리는 단순했으나, 쾌활하고 명랑한 사람이었다.

그들의 결혼은 그녀가 알지 못하는 재산상의 이유로 성사된 것이었다. 그녀는 기꺼이 '아니요'라고 말하고 싶었지만 부모님의 뜻을 거스르지 않기 위해 고개를 끄덕이며 '예'라고 대답했다. 그녀는 파리 출신으로 명랑했고, 살아 있음 자체를 즐겼다.

남편은 그녀를 노르망디에 있는 자신의 성으로 데려갔다. 그곳은 오래된 거목들로 둘러싸인 넓은 석조 건물이었다. 정면에는 높은 소나무 숲이 시야를 가로막고 있었다. 오른쪽에는 틈 사이로 멀리 농가들이 흩어져 있는 벌거벗은 들판이 펼쳐졌다. 울타리 앞으로 지름길이 나 있었는데 3킬로미터 떨어진 대로로 이어졌다.

아! 그녀는 모든 것이 떠올랐다. 성에 도착했을 때, 새로운 집에서 보낸 첫날, 그리고 이후의 외로운 삶까지.

마차에서 내려 오래된 건물을 바라본 그녀는 웃으며 말했다.

"참 우중충하네요!"

그러자 남편도 웃으며 대답했다.

"아무렴 어때! 금세 익숙해져요. 곧 알게 될 거요. 난 여기서 한 번도 지루한 적이 없었거든."

그날, 두 사람은 포옹하며 하루를 보냈고 그녀는 그 시간이 결코 길게 느껴지지 않았다. 다음 날에도 그들은 똑같았고, 일주일 내내 정말이지 애무 속에서 시간을 보냈다.

그런 후 그녀는 집 안을 정리하는 데 전념했다. 그 일에 꼬박 한 달이 걸렸다. 하루하루 사소하지만 몰두하게 되는 일들로 채워졌다. 그녀는 삶에서 작은 것들의 가치와 중요성을 배워갔다. 계절에 따라 조금씩 오르내리는 달걀 값에도 관심을 가지게 된 것이다.

여름이었다. 그녀는 수확하는 것을 구경하러 들판에 나가고는 했다. 밝은 햇살 덕분에 그녀의 즐거움은 그치지 않았다.

가을이 왔다. 남편은 사냥을 시작했다. 그는 아침마다 두 마리 개, 메도르와 미르자를 데리고 나갔다. 그녀는 집에 혼자 있었지만 앙리가 없다고 해서 쓸쓸하지는 않았다. 물론 그를 좋아하기는 했지만 그리운 것은 아니었다. 남편이 돌아오면, 특히 개들이 그녀의 애정을 온전히 차지했다. 그녀는 어머니의 마음으로 매일 밤 개들을 돌보고 끝도 없이 쓰다듬으며 남편에게는 절대 하지 못할 수많은 애칭을 붙여 주고는 했다.

남편은 늘 사냥 이야기를 들려주었다. 자고새를 본 자리를 표시해뒀다거나 조셉 르당튀의 토끼풀밭에서 토끼를 찾지 못한 것에 놀랍다고 이야기했다. 르아브르 출신의 르샤펠리에 씨에게는 화가 나 있었다. 나, 앙리 드 파르빌이 잡은 사냥감을 가져가려고 자기 땅 주변을 계속 돌아다닌다는 것이었다.

그녀는 딴생각하면서 대답했다.

"네, 정말 나쁜 짓이네요."

겨울이 찾아왔다. 노르망디의 겨울은 춥고 비가 자주 내렸다. 소나기가 하늘을 향해 뾰족하게 솟은 큰 지붕의 슬레이트 위로 끝도 없이 쏟아졌다. 길은 진창이 되어 강처럼 보였고 들판은 진흙밭이 되었으며 들리는 소리는 물소리뿐이었다. 움직이는 것이라고는 소용돌이치며 날아다니는 까마귀 떼뿐이었다. 새들은 구름처럼 흩어졌다가 들판에 내려앉았다가 다시 날아올랐다.

4시쯤이면 어두운 날짐승 떼가 성의 왼편에 있는 큰 너도밤나무에 날아와 앉았고, 귀가 멍해질 정도로 울어댔다. 거의 한 시간 동안 나무 꼭대기 사이를 날아다니며 다투고 까악거리고, 잿빛 가지들 사이를 검은 물결로 흔들어 놓았다.

그녀는 매일 저녁 그 새들을 바라보며 마음이 조여들었다. 황량한 들 위로 내려앉는 밤의 우울함이 온몸에 스며들었다.

그녀는 종을 울려 등불을 가져오게 하고는 다시 불 가까이 다가갔다. 그녀는 산더미 같은 장작을 태웠지만 습기가 스며든 드넓은 방들은 좀처럼 데워지지 않았다. 그녀는 거실에서도, 식사 때에도, 침실에서도 온종일 추위를 느꼈다. 그래서 뼛속까지 시린 듯했다. 남편은 저녁 식사 때나 되어야 집에 돌아왔다. 끊임없이 사냥하러 나가거나 파종, 밭갈이 등 온갖 농사일에 매달려 있었기 때문이다.

그는 늘 기분 좋게 흙투성이로 돌아와 두 손을 비비며 말했다.

"정말 지독한 날씨군!"

또는 이렇게 말하기도 했다.

"그래 불이 있으니 좋네!"

가끔은 이렇게 묻기도 했다.

"오늘 별일 없었소? 기분은 괜찮나?"

그는 행복했고 건강했으며 욕망도 없었다. 이 단순하고 건전하며 평온한 삶 말고는 다른 어떤 것도 꿈꾸지 않았다.

12월쯤 눈이 내리기 시작하자 그녀는 성안의 차가운 공기 때문에 극심한 고통을 겪었다. 세월이 흐르며 늙어가듯, 마치 오래된 이 성도 세기를 거듭하며 차갑게 식어버린 듯했다. 그녀는 어느 날 저녁 남편에게 이렇게 부탁했다.

"있잖아요, 앙리. 여기에 난방기를 하나 들여놓는 게 좋을 것 같아요. 그러면 벽도 좀 마를 거고요. 아침부터 저녁까지 도무지 몸이 따뜻해지질 않아요."

그는 처음에 자기 저택에 난방기를 설치하자는 이 터무니없는 발상에 잠시 얼이 빠졌다. 차라리 자기 개들에게 접시에 음식을 내주는 것이 더 자연스럽다고 여길 정도였다. 그러다가 그는 뱃속에서부터 웃음을 터뜨리며 이렇게 되풀이해서 말했다.

"여기에 난방기라니! 난방기라니! 아! 아! 아! 정말 기막힌 농담이군!"

그녀는 거듭 요청했다.

"정말이에요, 여보. 이러다 얼어 죽겠어요. 당신은 늘 몸을 움직이고 있으니까 못 느끼는 거지, 우리 몸은 얼어붙고 있어요."

그는 여전히 웃으며 대답했다.

"거참! 사람은 적응하기 마련이야. 게다가 건강에도 이게 좋다고. 몸이 더 튼튼해질 거요. 우리는 파리 사람이 아니잖소, 거참! 불 옆에 붙어서 살 수는 없다고. 게다가 곧 봄이 올 테고 말이야."

1월 초, 그녀에게 큰 불행이 닥쳤다. 부모님이 마차 사고로 세상을 떠난 것이다. 그녀는 장례를 치르기 위해 파리로 갔다. 그리고 여섯 달 동안 슬픔만이 그녀의 마음을 지배했다.

아름다운 날들의 온화함이 마침내 그녀를 깨웠고 가을이 올 때까지 쓸쓸한 나른함 속에서 그저 삶을 흘려보냈다.

추위가 다시 찾아왔을 때 그녀는 처음으로 암울한 앞날을 생각하게 되었다. 무엇을 할 수 있을까? 아무것도. 이제 그녀에게 어떤 일이 닥쳐올까? 아무 일도. 어떤 기대, 어떤 희망이 그녀의 마음을 다시 뜨겁게 할 수 있을까? 전혀 없었다. 그녀를 진찰한 의사는 결코 아이를 가질 수 없을 것이라고 단정적으로 말했다.

지난해보다 더 매섭고 살을 에는 듯한 추위가 그녀를 끊임없이 괴롭혔다. 떨리는 두 손을 활활 타오르는 불길 쪽으로 내밀었다. 번쩍이는 불길이 얼굴은 뜨겁게 달궜지만 등 뒤로는 얼음 같은 숨결이 스며들어 살과 옷 사이를 파고드는 듯했다. 그녀는 그 냉기에 머리부터 발끝까지 몸을 떨었다. 집 안 곳곳에는 수많은 기류가 자리 잡은 듯했다. 그것들은 적처럼 은밀하고 집요했다. 그녀는 그것들과 맞닥뜨릴 때마다 얼굴에, 손에, 목덜미에 불어닥쳤다. 차갑고 위험한 증오 같았다.

그녀는 다시 난방기를 들여놓자고 이야기를 꺼냈다. 하지만 남편은 터무니없는 일을 요구한다는 듯이 듣고 있었다. 이 파르빌 저택에 그런 난방기를 설치한다는 것은 현자의 돌을 발견하는 일만큼이나 불가능해 보였다.

어느 날 볼 일이 있어 루앙에 다녀온 그는 아내에게 작은 구리 난로를 하나 사다 주었는데 '휴대용 난방기'라고 했다. 그리고 그것만 있으면 그녀가 다시 추위를 타는 일은 없을 것이라 여겼다.

12월 말쯤 그녀는 이렇게는 평생 살 수 없음을 깨달았다. 그래서 어느 날 저녁, 식사 중에 조심스럽게 물었다.

"저기, 여보. 봄이 오기 전에 파리에 가서 일주일이나 보름쯤 지내다 오는 게 어때요?"

그는 깜짝 놀라 되물었다.

"파리에? 파리에 간다고? 대체 뭐 하러? 아! 그건 안 되지! 집이 제일 좋은데. 당신은 정말이지 가끔 이상한 생각을 하는군!”

그녀는 더듬거리며 말했다.

“그러면 조금 기분 전환이 될 거예요.”

그러나 그는 도무지 이해하지 못했다.

“무슨 기분 전환이 된다는 거요? 극장, 저녁 파티, 시내에서의 식사 그런 것들 말이요? 하지만 당신이 이곳에 올 때는 그런 오락을 기대해서는 안 된다는 것쯤은 알고 있지 않았소!”

그녀는 그의 말과 말투에서 책망을 느꼈다. 그래서 잠자코 있었다. 그녀는 반항심도 그럴 의지도 없는 내성적이고 온순한 성격이었다.

1월이 되자, 매서운 추위가 다시 찾아왔다. 눈이 온 땅을 덮었다.

어느 날 저녁 그녀는 나무 사이로 까마귀 떼가 큰 구름처럼 소용돌이치며 흩어지는 광경을 보다가 자기도 모르게 눈물을 흘리고 말았다.

그녀의 남편이 들어왔다가 그 모습을 보고 깜짝 놀라서 물었다.

“무슨 일이요?”

그는 행복했다. 그야말로 아주 행복했다. 다른 삶이나 다른 즐거움은 한 번도 꿈꾼 적이 없었다. 그는 이 쓸쓸한 고장에서 태어났고 자랐으며 이곳에서 몸과 마음이 모두 편안하다고 느끼고 있었다.

그는 사람들이 무슨 사건을 갈망하고, 변화가 주는 기쁨을 목말라한다는 것을 이해하지 못했다. 어떤 이들에게는 사계절 내내 한곳에 머무는 것이 부자연스럽게 느껴질 수 있음을 이해하지 못했다. 봄은 봄대로 여름은 여름대로 그렇게 가을, 겨울이 많은 사람에게는 새로운 땅에서 새로운 즐거움을 가져다준다는 것조차 그에게는 알 수 없는 일이었다.

그녀는 아무 대답도 할 수 없었고 황급히 눈물을 훔쳤다. 마침내 어찌할 바를 몰라 더듬거리며 말했다.

"나는… 나… 나는… 조금 쓸쓸해요… 조금 지루하고요."

그러나 이 말을 내뱉는 순간 그녀는 두려워졌는지 곧바로 덧붙였다.

"그리고… 나는… 나는 조금 추워요."

이 말에 그는 짜증을 내며 대꾸했다.

"아! 그렇군… 또 그 난방기 타령이군. 하지만 이봐, 젠장! 당신은 여기 온 이후로 감기 한 번 걸린 적이 없잖소."

밤이 찾아왔다. 그녀는 자기 방으로 올라갔다. 자신의 방을 달라고 요구해 사용하고 있었다. 잠자리에 들었지만 침대 안에서도 추위를 느꼈다. 그녀는 생각했다.

'앞으로도 이럴 거야, 늘, 죽을 때까지.'

그리고 그녀는 남편을 떠올렸다. 어떻게 저렇게 말할 수 있을까.

'당신은 여기 온 이후로 감기 한 번 걸린 적이 없잖소.'

그렇다면 그녀가 아파서 기침이라도 해야만 남편은 자신의 괴로움을 이해한다는 뜻이 아닐까!

그녀는 분노를 느꼈다. 그녀답게 연약하고 소심한 분노였지만 치밀어 오르는 감정을 억누를 수 없었다.

그녀는 기침해야 했다. 그래야만 남편이 분명 불쌍히 여길 것이다. 좋다! 기침하리라. 남편이 기침 소리를 듣게 하리라. 그러면 의사를 불러야 할 것이고 그제야 남편은 알게 될 것이다, 반드시!

그녀는 맨다리에 맨발로 일어났다. 그리고 어린아이 같은 생각이 떠올라 자신도 모르게 웃음이 나왔다.

'나는 난방기가 필요해. 반드시 가질 거야. 기침을 많이 해서라도 남편이 난방기를 설치하지 않을 수 없도록 만들겠어.'

그래서 그녀는 거의 알몸으로 의자에 앉았다. 한 시간, 두 시간을 기다렸다. 몸이 덜덜 떨렸지만 감기에 걸리지는 않았다. 그러자 그녀는 더 과격한 방법을 쓰기로 했다.

그녀는 방에서 조용히 나와 계단을 내려가 정원 문을 열었다.

눈으로 덮인 땅은 죽어 있는 듯 보였다. 그녀는 가볍고 차가운 눈 속에 맨발을 내밀어 깊숙이 밟았다. 상처가 난 듯 살을 에는 냉기가 가슴까지 올라왔다. 그런데도 그녀는 다른 발을 내밀고 눈 위를 천천히 내려가기 시작했다.

그런 뒤 잔디밭을 가로지르며 이렇게 생각했다.

'저 소나무까지 가야지.'

그녀는 작은 보폭으로 걸음을 옮겼다. 맨발이 눈 속으로 파고들 때마다 숨이 막힐 듯했지만 그래도 앞으로 나아갔다.

그녀는 첫 번째 소나무를 손으로 만졌다. 마치 자신의 결심을 끝까지 완수했음을 스스로 확인하려는 듯했다. 그리고는 다시 돌아왔다. 몸이 마비되고 기운이 빠져 두세 번은 쓰러질 것 같았다. 그러나 집에 들어가기 전, 그녀는 한 번 더 얼어붙은 눈 위에 앉았고 심지어 눈을 한 움큼 집어 가슴에 문지르기도 했다.

그런 뒤 집으로 돌아와 잠자리에 들었다. 한 시간이 지나자 그녀는 목 안에 개미 떼가 기어다니는 듯한 느낌이 들었다. 다른 개미들은 팔다리를 따라 달리는 듯도 했다. 그리고 그대로 잠이 들었다.

다음 날, 그녀는 기침을 했고 일어날 수 없었다.

그녀는 폐렴에 걸렸다. 헛소리까지 했는데 그 와중에도 난방기를 달라고 애원했다. 의사는 반드시 난방기를 설치해야 한다고 주장했다. 앙리는 마지못해 심술이 난 듯 동의했다.

그러나 그녀는 회복하지 못했다. 폐 깊숙이 병이 퍼져 있어 생명이 위태로웠다.

"여기 그대로 있으면 추위를 견디지 못할 겁니다."라고 의사는 말했다.

그래서 그녀는 남쪽 지방으로 가게 되었다.

그녀는 칸에 도착해 햇볕을 느끼고 바다를 사랑하게 되었으며 꽃피는 오렌지 나무 향기를 들이마셨다.

그리고 봄이 오자, 다시 북쪽으로 돌아왔다.

그러나 그녀는 노르망디의 기나긴 겨울과 함께, 이제는 병이 나을까 봐 두려워하며 살았다. 그래서 몸이 나아지면 밤마다 창문을 열고 지중해의 온화한 해안들을 떠올리고는 했다.

이제 그녀는 곧 죽으리라는 것을 안다. 그래도 그녀는 행복하다.

그녀는 한 번도 펼쳐보지 않았던 신문을 펴 들고 제목을 읽었다.

〈파리 첫눈 내려〉

그러자 그녀는 몸서리를 치고 이어 미소를 지었다. 그녀는 저 멀리 노을 아래에서 장밋빛으로 물드는 에스테렐 산맥을 바라보았다. 푸르디푸른 드넓은 하늘과 바다를 바라보며 일어섰다.

그녀는 다시 안으로 들어왔다. 밖에 오래 머문 탓에 추위를 느껴 중간중간 멈춰서 기침을 했다.

그녀는 남편의 편지를 발견했다. 미소를 지은 채 편지를 열고 읽었다.

사랑하는 아내에게,

당신이 잘 지내기를, 우리 아름다운 고장을 너무 그리워하지는 않길 바라오. 며칠 전부터 제법 강한 서리가 내리는 것을 보니 곧 눈이 올 것 같소. 나는 이런 날씨를 퍽 좋아한다오. 그러니 내가 그 망할 난방기를 켤 생각은 전혀 없다는 것을 당신도 알고 있겠지…

그녀는 더 이상 읽지 않았다. 자신이 난방기를 갖게 되었다는 생각만으로도 완전히 행복했기 때문이다. 편지를 들고 있던 오른손이 천천히 무릎 위로 떨어졌다. 그리고 왼손은 입에 가져다 대며 끊임없이 가슴을 찢어놓는 끈질긴 기침을 진정시키려고 했다.

봄에

Au printemps

화창한 봄볕이 찾아오고, 땅이 잠에서 깨어나 다시 푸른빛으로 물들고, 공기에 스민 향긋한 온기가 우리를 어루만지다가 가슴으로 들어와 깊이 스며들 때면 사람은 막연한 행복에 대한 갈망을 느끼고, 달리고 싶고, 정처 없이 떠나고 싶고, 모험을 좇고 싶고, 봄을 들이마시고 싶어진다.

지난겨울은 몹시 혹독했다. 그래서인지 5월이 되자, 안에서 무언가 북받치듯 올라왔다. 마치 술기운처럼 생의 기운이 넘쳐흘렀다.

어느 날 아침, 일어나 창밖을 보니 이웃집 지붕 위로 타오르는 태양 아래 거대한 푸른 하늘이 펼쳐져 있었다. 창가에 매달린 검은머리방울새들이 목청껏 노래하고 있었다. 하녀들의 콧노래 소리가 층마다 울려 퍼지고 거리에서는 유쾌한 소음이 들려왔다. 나는 어디로 가는지도 모른 채, 한껏 들뜬 기분으로 밖으로 나섰다.

거리에서 마주치는 사람들은 모두 미소를 띠고 있었다. 돌아온 봄의 따뜻한 햇볕 속에는 행복의 숨결이 감돌았다. 도시에 사랑의 미풍이 불고 있는 듯했다. 아침 몸단장을 마치고 거리를 지나는 젊은 여자들. 그들은 눈 속에 다정함을 숨기고 있는 듯했고 걸음걸이에는 한층 부드러운 우아함이 실려 있었다. 그 모습이 내 마음을 뒤흔들었다.

어떻게, 왜 그곳으로 향하는지 모른 채, 나는 센 강 강가에 도착했다. 증기선들이 쉬렌을 향해 미끄러지듯 흘러갔다. 그 순간, 숲을 가로질러 달리고 싶은 감당할 수 없는 충동이 밀려왔다.

바토 무슈* 갑판은 승객들로 가득했다. 첫 아침 햇살에 자기도 모르게 이끌려 나왔기 때문이리라. 모두가 몸을 살랑이며 오가고 옆 사람과 이야기를 나눴다.

내 옆에도 누군가 있었다. 소박한 여공인 것 같았지만 그녀는 파리 여자 특유의 우아함을 지닌 금발의 여인이었다. 관자놀이 옆으로 구불구불 물결치는 금발 머리카락이 귓가를 타고 내려와 목덜미까지 흘렀고 바람이 불 때면 살랑살랑 춤을

---

*　　　센 강의 유람선.

추었다. 아래로 갈수록, 고운 솜털처럼 가늘고, 가볍고, 연한 금발이 되어 거의 보이지 않을 정도였는데, 왠지 그 부드러운 곳에 입을 맞추고 싶은 충동이 일었다.

내가 눈을 떼지 못하고 바라보자, 그녀는 고개를 내 쪽으로 돌렸다가 갑자기 시선을 떨구었다. 그 순간, 미소가 피어오르려는 듯한 가느다란 주름이 입가를 살짝 눌렀고, 그 자리에 햇살에 금빛을 띠는 희고 부드러운 솜털이 드러났다.

잔잔한 강물이 점점 넓어졌다. 공기 중에는 따스한 평온함이 감돌았고, 생명의 속삭임 같은 묘한 기운이 공간을 채웠다. 그녀가 시선을 들었고, 내가 여전히 자신을 보고 있자 이번에는 확실히 미소를 지었다. 미소 짓는 그녀의 모습은 매력적이었고, 슬며시 피하는 그 시선에서 나는 지금껏 알지 못했던 수많은 것들을 보았다. 알 수 없는 깊이와 다정함의 매력을, 우리가 꿈꿔온 모든 시(詩)를, 우리가 끝없이 찾아 헤맨 행복이 있었다. 나는 두 팔을 벌려 그녀를 품에 안고, 어딘가로 데려가 감미로운 음악처럼 사랑을 속삭이고 싶었다.

막 말을 건네려던 순간, 누군가 내 어깨를 툭 건드렸다. 놀라 돌아보자, 평범한 외양의 사내가 서 있었다. 젊지도 늙지도 않은 그는 슬픈 표정으로 나를 바라보고 있었다.

"드릴 말씀이 있습니다." 그가 말했다.

얼굴을 찌푸리자, 그는 덧붙였다. "중요한 이야기입니다."

나는 자리에서 일어나 배의 반대편 끝으로 그를 따라갔다. "선생님, 겨울이 다가오면, 추위와 비, 눈의 계절 앞에서 의사들은 매일 이렇게 말할 겁니다. '발을 항상 따뜻하게 하세요. 오한, 감기, 기관지염, 늑막염에 걸리지 않도록 주의하십시오.' 그러면 선생님은 플란넬 속옷과 두꺼운 외투, 방한화를 챙기며 온갖 조언에 신경을 씁니다. 그런데도 두 달 동안 앓아 눕는 일은 막지 못합니다. 그런데 봄이 오면 어떻습니까? 푸른 잎과 꽃들, 따뜻하고 부드러운 바람, 들판의 향기가 알 수 없는 감정과 이유 없는 감상에 젖게 할 때면, 아무도 이렇게 말하지는 않습니다. '선생님, 사랑을 조심하십시오! 사랑은 어디에나 숨어 있고, 모퉁이마다 당신을 지켜보고 있습니다. 모든 계략은 펼쳐져 있고 무기는 날이 서 있으며, 배신은 언제든 준비되어 있답니다! 사랑을 조심하십시오! 사랑을 조심하십시오!' 그것은 감기, 기관지염 그리고 늑막염보다 더 위험합니다. 사랑은 용서하지 않으며, 누구든 돌이킬 수 없는 어리석은 짓을 저지르게 합니다. 그렇습니다, 선생님. 저는 정부가 매년 이런 벽보를 붙여야 한다고 말해왔습니다. '봄이 왔습니다. 프랑스 국민 여러분, 사랑을 조심하십시오!' 마치 집 문에 '페인트 주의!'라고 붙이는 것처럼 말이죠. 그런데 정부가 하지 않으니 저라도 나서야죠. 사랑을 조심하십시오. 지금 그것이 선생님을 툭툭 건드리려고 합니다. 러시아에서 길 가는 사람의 코가 얼어붙었을 때 누군가 경고하듯이 저 또한 선생님께 경고할 의무가 있어 알려드리는 겁니다.”

나는 이 이상한 사내 앞에서 한동안 멍해졌다. 그리고 체면을 차리는 표정을 지으며 말했다. “제게는 당신이 남의 일에 참견하는 것처럼 보이는군요.”

그는 화들짝하며 이렇게 외쳤다. “선생님, 선생님! 누군가 물에 빠지려는 걸 알게 되었는데 그냥 두어야 합니까? 자자, 제 이야기를 들어보십시오. 그러면 제가 왜 이런 말씀을 드리는지 이해하실 겁니다.”

작년 이맘때였습니다. 먼저 말씀드리자면, 상사라는 사람들은 서류나 만지는 장교 행세를 하며 우릴 돛대나 타는 말단처럼 부립니다. 아, 그들이 좀 인간답기라도 하면 좋겠지만… 이건 일단 넘어가겠습니다. 어쨌든 제 자리에서는 아주 작게나마 파란 하늘이 보였고, 그 위로 제비들이 날고 있었습니다. 그걸 보면, 까만 서류철 더미 속에서 춤이라도 추고 싶은 기분이 들고는 했어요.

자유에 대한 갈망이 너무 커져, 마지못해 제 웃대가리에게 갔습니다. 그는 늘 화가 나 있는, 까다로운 땅딸보였죠. 몸이 좋지 않다고 말했습니다. 그랬더니 그가 내 얼굴을 뚫어져라 쳐다보고는 이렇게 소리쳤습니다. '난 그 말을 믿지 않소. 일단 알겠으니 어서 나가시오! 그런 식으로 일을 하면 사무실이 제대로 돌아갈 거로 생각하시오?'

나는 곧장 나와 센 강으로 갔습니다. 오늘처럼 날씨가 좋아 바토 무슈를 타고 생클루까지 다녀오기로 했습니다.

아, 선생님! 그 상사는 병가를 허락하지 말아야 했어요!

햇살 속에서 온몸이 확 퍼지는 기분이었어요. 배, 강, 나무, 집들, 옆자리 사람들 전부다, 모든 게 다 좋더군요. 무엇이든 껴안고 싶어 견딜 수 없었죠. 그건 사랑이 제게 놓은 덫이었습니다.

갑자기 트로카데로*에서 한 젊은 여자가 손에 작은 꾸러미를 들고 올라타서 제 맞은편에 앉았어요.

예뻤어요. 그래요, 선생님. 봄, 햇살 아래에서는 여자들이 더 아름다워 보입니다. 그들은 사람을 취하게 하는 독특한 매력, 뭐라 말할 수 없는 무언가가 있어요. 정말 그렇습니다. 치즈를 먹은 뒤에 마시는 와인 같다고나 할까요.

저는 여자를 바라보았고, 그녀도 가끔 저를 바라보았어요.

---

*　　　　파리 16구의 센 강 변에 있는 정원.

선생님의 그분처럼 말입니다. 그렇게 서로를 지켜보다가 이제 말을 걸 때가 된 것 같아서 그녀에게 말을 걸었습니다. 그녀는 대답했어요. 정말이지, 그녀는 너무도 다정한 사람이었습니다. 그녀는 날 취하게 했습니다. 선생님!

생클루에서 그녀가 내렸고 저도 따라 내렸습니다. 그녀는 물건을 배달하러 가는 길이었습니다. 그녀가 다시 돌아왔을 때 배는 막 떠난 뒤였고 나는 그녀 옆에서 걷기 시작했어요. 포근한 공기 탓에 우리 둘 다 한숨이 터져 나왔습니다.

'숲속에 가면 좋겠네요' 제가 말하자, 그녀가 '아! 네!'하고 대답했습니다. '산책하러 숲에 가볼까요, 아가씨?'

그녀는 재빠르게 나를 훑어봤습니다. 내가 어떤 사람인지 가늠하는 듯했죠. 잠시 망설이다가 받아들였습니다. 우리는 어느새 나무들 사이에서 나란히 걷고 있었습니다. 아직 성근 잎 아래, 키가 크고 빽빽한 풀들이 윤이 나는 초록으로 햇살에 흠뻑 젖어 있었고, 그 안에는 서로 사랑하는 벌레들이 가득했습니다. 여기저기서 새들의 노랫소리가 들렸죠. 그러자 그녀는 공기와 들판의 향기에 도취해 가볍게 뛰기 시작했습니다. 나도 그녀처럼 뒤따라 뛰었습니다. 참, 가끔은 우스울 만큼 바보가 되죠, 선생님.

그러고는 정신없이 온갖 노래를 불렀어요. 오페라 아리아,

그리고 뮈제트의 노래*까지도요! 뮈제트의 노래라니! 그 순간, 얼마나 시적으로 들렸던지요! 거의 울 뻔했습니다. 아, 이런 바보 같은 감상들이 우리의 정신을 흔드는 겁니다. 절대 그러지 마십시오. 제 말을 믿으세요. 시골에서 노래하는 여자는 가까이하지 마세요. 특히 뮈제트 노래를 부르는 여자라면 더더욱!

그녀는 곧 지쳐 푸른 둔덕에 앉았습니다. 나는 그녀의 발치에 앉아, 바늘 자국이 점점이 박힌 작은 손을 잡았습니다. 그 손이 나를 뭉클하게 했죠. '이런 게 바로 노동의 신성한 흔적이로구나.'

아, 선생님, 선생님. 그 노동의 흔적이 무엇을 뜻하는지 아십니까? 그것은 작업장에서 벌어지는 온갖 수다, 속닥이는 음탕한 농담들, 더러운 이야기로 물든 정신, 잃어버린 순결, 온갖 잡담으로 우둔해진 정신, 평범한 여자들의 편협한 사고들, 그리고 그 모든 것이, 그녀의 손끝에 새겨진 노동의 흔적 속에 의심할 여지 없이 깊이 뿌리내리고 있는 것입니다.

---

*   뮈제트는 프랑스 작가 앙리 뮈르제의 소설 〈보헤미안 삶의 정경Scènes de la vie de bohème〉에 등장하는 인물이다. 연극과 오페라로도 공연되었는데 극 중 인물인 뮈제트가 경쾌하고 감미로운 사랑 노래를 불러 큰 인기를 끌었다.

우리는 오랫동안 서로의 눈을 바라봤습니다.

아, 여자의 눈동자란 얼마나 강한 힘을 가졌는지. 사람을 어지럽히고, 침투하고, 사로잡고, 지배할 수 있는 것인지! 그 눈은 깊습니다. 약속과 무한함으로 가득 차 있습니다. 사람들은 그것을 '영혼을 마주 본다.'라고 말합니다. 아! 선생님. 말도 안 되는 소리입니다! 영혼을 볼 수 있다면 우리는 더 지혜로워졌을 겁니다. 그렇고말고요.

어쨌든 저는 제정신이 아닐 정도로 푹 빠져 있었습니다. 그녀를 껴안으려 하자 제게 이렇게 말하더군요. '손 떼요!'

저는 그녀 옆에 무릎을 꿇고 제 마음을 고백했습니다. 제 안에 애정을 전부 그녀의 무릎 위에 쏟아부었습니다. 그녀는 갑작스러운 태도 변화에 놀란 듯, 곁눈질로 저를 쳐다봤습니다. 마치 이렇게 말하는 것 같더군요. '아! 이 남자는 이렇게 대해야 하는구나. 자, 어디 한 번 두고 보자'

선생님, 사랑에 있어 남자는 늘 어리석고 여자는 늘 장사꾼이 된답니다.

그녀를 차지할 수도 있었을 겁니다. 내가 얼마나 어리석었는지는 나중에 깨달았습니다. 내가 바랐던 건 육체가 아니라, 다정함과 이상이었습니다. 나는 감정에 사로잡혀 있었죠. 시간을 더 잘 써야 했는데 말입니다.

그녀는 내 고백에 싫증이 났는지 자리에서 일어났습니다. 우리는 다시 생클루로 돌아왔고, 파리에서야 비로소 헤어졌습니다. 돌아오는 내내 그녀는 어딘가 슬퍼 보였고, 나는 이유를 물었습니다. '인생에서 이런 날들이 몇 번이나 올까 싶어서요.' 그 말에 심장이 터질 듯이 뛰었습니다.

그다음 주 일요일에 그녀를 다시 만났어요. 또 그다음 주에도, 그 이후로도 일요일마다. 나는 그녀를 부지발, 생제르맹, 메종라피트, 푸아시까지… 교외 연애가 펼쳐지는 곳이라면 어디든 데려갔습니다.

이 여우 같은 여자가 이번에는 나를 '열정적으로' 대하더군요. 나는 결국 정신 줄을 놓고 말았고, 석 달 후 그녀와 결혼했습니다.

어쩌겠습니까, 선생님. 나는 하급 관리에 불과했고, 혼자였고, 조언해 줄 사람도 없었죠. 여자가 있으면 삶이 좀 부드러워질 거라 믿고, 결국 그 여자와 결혼하게 된 겁니다.

그러고 나면 아침부터 저녁까지 당신을 욕하고, 아무것도 모르고, 아무것도 이해 못 하면서 끝없이 지껄입니다. 뮈제트의 노래를 목청껏 부르고 (아, 그 뮈제트 노래란! 얼마나 지겹던지요!) 석탄 장수와 싸우고, 관리인에게는 부부 사이의 내밀한 이야기를 떠벌리고, 이웃집 하녀에게는 침실의 비밀을 고백하고, 가게 주인들에게는 남편 흉을 보고 머릿속에는 바보 같은 생각들과 우스운 미신들, 우습지도 않은 소견, 기상천외한 편견들로 가득해서 저는 그녀와 한마디만 나눠도 절망감에 눈물이 납니다, 선생님.

그는 숨을 약간 헐떡이며 말문을 닫았다. 감정이 격해진 듯했다. 나는 그를 바라보았다. 이 순진하고 불쌍한 사내가 측은하게 느껴져서 무슨 말인가 하려는 참이었다. 그때 배가 멈췄다. 생클루에 도착한 것이다.

내 마음을 어지럽혔던 그 자그마한 여자가 자리에서 일어나 내리려고 했다. 그녀는 내 곁을 지나가면서 슬쩍 곁눈질하고, 은근한 미소를 흘렸다. 그 미소는 정신을 아찔하게 만드는 것이었다. 그러고는 부교로 성큼 뛰어내렸다.

그녀를 서둘러 따라가려고 했지만 옆에 있던 사내가 내 소맷자락을 붙잡았다. 그의 손을 뿌리쳤지만 그 사내는 또다시 내 외투 자락을 움켜쥐고는 "안 됩니다! 안 됩니다!" 되풀이해 외쳤다. 목소리가 워낙 커서, 배 안에 사람들이 모두 돌아보았다.

주변에 웃음이 퍼져나갔다. 나는 자리에서 굳어버렸다. 화가 치밀었지만 웃음거리가 되고 싶지 않았고, 소동을 일으킬까 염려스러워 감히 나서지 못했다.

배는 다시 출발했다.

부교 위에 남겨진 그 자그마한 여자가 실망스러운 얼굴로 나를 바라보았다. 나를 성가시게 하던 사내는 두 손을 비비며 내 귀에 대고 속삭였다.

"제가 선생님께 큰일을 해드린 겁니다, 아시겠죠?"

달빛

달빛

Clair de lune

Clair de lune

쥘리 루베르 부인은 언니 앙리에트 레토레 부인을 기다리고 있었다. 언니는 스위스 여행에서 돌아오는 길이었다.

레토레 부부는 대략 5주 전쯤 여행을 떠났다. 앙리에트 부인은 남편을 칼바도스에 있는 그들의 영지로 돌려보냈다. 사업상 그가 직접 처리할 일들이 있었다. 그녀는 파리에서 사는 동생 집에서 며칠 지내기로 했다.

저녁이 내려앉고 있었다. 작은 부르주아 거실은 땅거미 속에 어둑해졌고, 루베르 부인은 책을 읽으면서도 집중하지 못하고 작은 소리에도 고개를 들었다.

마침내 초인종이 울렸고, 언니가 모습을 드러냈다. 여행객다운 거대한 차림으로 온몸을 감싸고 있었다. 둘은 서로를 확인할 틈도 없이 격렬하게 끌어안고 포옹을 풀었다가 볼에 입을 맞추고 다시 끌어안고는 했다.

그러고 나서야 두 사람은 서로의 건강, 가족 그리고 그 밖의 온갖 것들을 묻고 답하며 떠들기 시작했다. 성급하게 말들이 튀어나오기도 했고 대화가 잠시 끊기기도 했다. 앙리에트 부인은 그 사이 모자를 벗었다.

밤이 되었다. 루베르 부인은 등불을 가져오게 했고, 불빛에 실내가 밝아지자마자 또다시 언니를 껴안으려는 듯 바라보았다. 그러나 언니의 모습을 보고는 너무도 놀라 말문이 막혔고, 그대로 얼어붙었다. 레토레 부인의 관자놀이에는 굵고 흰 머리카락 두 가닥이 드리워져 있었다. 나머지 머리카락들은 짙고 윤기나는 검은빛이었다. 양쪽 관자놀이에 난 두 가닥 만이 마치 은빛 시냇물이 흘러내리듯 검은 머리카락들 속으로 스며들고 있었다. 그녀는 고작 스물네 살이었다. 이 흰 머리카락은 스위스로 떠난 후 갑작스레 생겨난 것이었다. 루베르 부인은 언니를 가만 바라보았다. 어떤 불가사의하고 끔찍한 불행이 언니에게 닥쳐온 것만 같아 울음이 터질 것 같았다. 그리고 떨리는 목소리로 물었다.

"무슨 일이야, 언니?"

언니는 아픈 사람이 지을 법한 슬픈 미소로 답했다.

"아무 일도 없어, 정말이야. 내 흰 머리카락 때문에 그러는 거지?"

루베르 부인은 재빨리 언니의 어깨를 붙잡았다. 눈빛으로 속을 꿰뚫듯 바라보며 되물었다.

"무슨 일이야? 무슨 일인지 말해 줘. 거짓말은 하지 마. 난 다 알고 있어."

두 자매는 마주 보고 있었다. 앙리에트 부인은 금방이라도 쓰러질 듯이 창백해졌고 내리깐 눈가에는 눈물이 맺혀 있었다.

동생은 다그쳤다.

"도대체 무슨 일이 있었던 거야? 무슨 일인데? 말해 줘!"

언니는 어쩔 수 없다는 듯이 속삭였다.

"나… 나에게… 애인이 생겼어."

그녀는 동생의 어깨에 얼굴을 파묻고는 흐느껴 울었다.

잠시 후 언니의 몸이 잔잔히 가라앉았다. 가슴의 떨림이 멎자 그녀는 말을 쏟아내기 시작했다. 친구에게 비밀을 털어놓듯 고통을 쏟아부었다.

두 자매는 서로의 손을 꼭 맞잡은 채, 거실 안쪽 어둠 속에서 소파에 몸을 기댔다. 동생은 언니의 목을 팔로 감싸고 가슴에 꼭 끌어안으며, 언니의 이야기에 귀를 기울였다.

✳

“아! 나도 변명의 여지가 없다는 걸 알아. 나도 날 이해할 수 없고, 그날 이후로 미쳐 버린 것 같아. 쥘리, 조심해. 제발, 자신을 조심해야 해. 우리가 얼마나 나약한지, 얼마나 쉽게 굴복하고, 얼마나 빨리 무너지는지 너도 알아야 해! 정말 아무것도 아닌 것, 아주 사소한 것만으로도 그렇게 되어 버려. 연민, 갑작스러운 우울 그리고 두 팔을 벌려 끌어안고 싶고, 사랑하고, 입 맞추고 싶은 그 순간의 충동을, 우리 모두 그 유혹을 느끼게 되는 거야.

너는 내 남편에 대해 잘 알지. 나는 내 남편을 사랑해. 하지만 그는 너무 성숙하고 이성적이어서, 여자의 가슴속에 이는 여린 떨림을 이해하지 못해. 그는 한결같아. 언제나 착하고 미소 짓고 친절하고 완벽하지. 아! 그런데 가끔 그가 나를 갑자기 거칠게 끌어안고, 무언의 고백같이 느리고도 부드러운 입 맞춤을 해주기를 얼마나 바라는지. 두 존재를 하나로 녹여내는 듯한 그런 입맞춤 말이야! 그 사람도 나에게 자신을 내맡기고 나약한 면도 보여주기를, 나와 내 애무 그리고 눈물이 필요하기를 얼마나 바랐는지 몰라.

물론 이 모든 게 어리석은 일이야. 하지만 우리 여자들은 원래 이런 존재잖아. 어쩔 수 없잖니.

남편을 속일 생각은 한 번도 한 적이 없었어. 그런데 그런 일이 벌어지고 말았어. 사랑도, 이유도 없이, 그저 그렇게 되어 버린 거야. 어느 밤 루체른 호수 위에 달이 떠 있었기 때문이야.

우리가 한 달간 함께 여행하는 동안, 남편의 냉랭한 무관심 때문에 나는 열정이 식고 격앙된 감정마저 꺼져버렸어. 어느 날, 해가 떠오를 때 네 마리 말이 끄는 마차로 언덕을 내려가고 있었어. 투명한 아침 안갯속으로 길게 뻗은 계곡과 숲, 강, 마을들이 보였어. 나는 그 광경을 보고 기뻐서 손뼉을 치며 남편에게 말했어. "정말 아름다워요, 여보. 나 좀 안아줘요!" 그랬더니 남편이 어깨를 약간 으쓱하며, 친절하지만 차가운 미소로 대답했어. "풍경이 마음에 든다는 것이 포옹할 이유는 아니요."

그 말에 내 마음은 얼어붙었어. 나는 사랑하는 사이라면, 감동을 주는 풍경 앞에서는 서로를 더 사랑하고 싶은 마음이 항상 생겨야 한다고 생각해.

내 안에서는 분출하고 싶은 시상(詩想)이 꿈틀거리고 있었지만 남편이 그걸 막은 거야. 그때의 기분을 어떻게 표현해야 할까? 밀폐된 증기통처럼, 곧 터질 것만 같은 기분이었어.

우리가 플뤼렌의 한 호텔에 머문 지 나흘째가 되던 날 저녁에 로베르는 편두통이 조금 있어서 저녁 식사 후에 곧장 잠자리에 들었어. 나는 혼자서 호숫가를 산책하러 나갔어. 동화 속 밤처럼 아름다운 밤이었어. 둥근 보름달이 하늘 한가운데에서 빛나고 있었어. 거대한 산들은 눈으로 뒤덮여 은빛 모자를 쓴 듯했고 호수는 잔물결이 일렁이며 반짝였지. 공기는 부드럽고 온화하게 스며드는 따스함이 있어서 아무 이유 없이 마음도 일렁였어. 그 순간 영혼이 얼마나 예민해지고, 얼마나 떨리던지!

나는 풀밭에 앉아 쓸쓸하고 매력적인 거대한 호수를 바라보고 있었어. 그때 내 안에서는 이상한 일이 일어났어. 채워지지 않는 사랑에 대한 갈망이 솟아나고 무미건조하고 단조로운 내 삶에 대한 반항심이 치밀어 올랐어. 왜 나는 사랑하는 사람의 팔에 안겨 달빛에 젖은 강가를 걸어본 적이 없는 건가. 신이 다정함을 위해 만든 것 같은 부드러운 이런 밤에 깊고 달콤하며 열정적인 키스를 결코 느껴보지 못하는 건가. 여름밤의 밝은 그림자 속에서 뜨거운 열정에 사로잡혀 품에 안겨보지 못하는 건가.

나는 미친 사람처럼 울기 시작했어.

그때 내 뒤에서 소리가 들렸지. 한 남자가 서서 나를 바라보고 있었어. 내가 고개를 돌리자 그는 나를 알아보고 다가왔어. "울고 계시는 건가요, 부인?"

그는 어머니와 함께 여행 중인 젊은 변호사였어. 우리와 여러 번 마주쳤고, 그의 시선이 가끔 나를 따라다니는 걸 느낀 적이 있었어.

나는 아무 말도 할 수 없었고, 아무 생각도 떠오르지 않았어. 일어나면서 몸이 좋지 않다고 말했어.

그는 자연스럽고 예의 바르게 내 옆을 걸으며 여행 이야기를 나누었어. 그 사람은 내가 느낀 모든 감정을 똑같이 표현했어. 나를 설레게 하는 모든 것을 마치 나처럼, 아니 나보다 더 잘 이해하는 것 같았어. 그리고 갑자기 뮈세*의 시구절을 읊기 시작했어. 나는 감당할 수 없는 감동에 숨이 막힐 것 같았지. 마치 산, 호수, 달빛까지도 이루 말할 수 없는 부드러운 노래를 부르는 듯한 느낌이었어…

어떻게 된 일인지 이유도 알 수 없지만 나는 일종의 환각 상태에 빠졌어.

그러고 나서 그 사람과는… 다음 날, 출발할 때 다시 마주쳤어.

내게 자기 명함을 건네주더구나…"

---

    *   알프레드 드 뮈세Alfred de Musset는 1800년대 활동했던 프랑스의 시인이자 소설가이다.

✳

레토레 부인은 동생의 품에 기대어 신음하며 울부짖는 듯했다.

그러자 루베르 부인은 차분하고 엄숙하게 낮은 목소리로 말했다.

"있잖아, 언니. 우리가 사랑하는 건 종종 사람이 아니라 사랑 그 자체야. 그날 밤, 언니의 진정한 연인은 달빛이었던 거야."

소풍

Une partie de campagne

소풍

Une partie de campagne

다섯 달 전부터 파리 근교로 점심 소풍을 하기로 계획했다. 그날은 뒤푸르 부인의 세례명과 같은 성녀 페트로닐라의 축일이기도 했다. 이 소풍을 오래전부터 기다려 온 만큼, 모두 매우 이른 시간에 일어났다.

뒤푸르 씨는 우유 장수의 마차를 빌려 직접 몰았다. 바퀴가 두 개 달린 마차는 아주 깨끗했다. 네 개의 철제 기둥이 지붕을 지탱하고 있었고 거기에 달린 커튼은 바깥 경치를 볼 수 있도록 걷어 올려져 있었다. 뒤쪽에 달린 커튼은 깃발처럼 바람에 펄럭이고 있었다. 남편 옆에 앉은 뒤푸르 부인은 나들이용 진홍빛 비단 드레스를 차려입었다. 그들 뒤로 두 개의 의자에는 나란히 노모와 젊은 아가씨가 앉아 있었다. 그리고 자리가 부족해 바닥에 드러누운 청년의 금빛 머리카락이 살짝 보였다.

샹젤리제 거리를 따라가다가 포르트 마요 성벽을 지나자 그들은 주위를 둘러보기 시작했다.

뇌이 다리에 이르렀을 때 뒤푸르 씨가 말했다. "드디어 들로 나왔어!" 아내는 기다렸다는 듯이 감상에 젖어, 자연을 찬미했다.

쿠르브부아 로터리쯤에 왔을 때 그들은 저 멀리까지 펼쳐진 지평선을 보며 감탄했다. 오른쪽 멀리에서는 아르장퇴유 지역이 보였는데 그곳에는 종탑이 우뚝 솟아 있었다. 그 위로는 사누아 언덕과 오르주몽의 풍차가 보였다. 왼쪽에서는 마를리 수로가 아침의 맑은 하늘을 배경으로 윤곽을 드러냈고 그 너머로 생제르맹의 테라스가 눈에 들어왔다. 맞은편에서 언덕들이 이어진 끝자락에는 땅이 파헤쳐져 있었는데 코르메이유 성채를 새로 짓고 있는 모양이었다. 그리고 저 먼 곳, 들판과 마을들 너머로 짙푸른 숲의 녹음이 어렴풋이 보였다.

태양이 점점 얼굴을 달구기 시작했다. 먼지가 끊임없이 눈 속으로 들어왔다. 길 양쪽으로 황량하고 지저분하며 악취 나는 들판이 끝없이 이어졌다. 마치 나병이 땅을 휩쓸고 집마저 갉아먹은 것처럼 보였다. 무너진 건물들은 앙상한 뼈대들을 드러내고 있고 공사비를 치르지 못해 미완성으로 남겨진 작은 오두막들이 지붕 없이 네 벽만을 벌려놓고 있었다.

드문드문 황폐한 땅 위로 공장의 높은 굴뚝들이 솟아올라 있었는데 그것만이 썩은 들판의 유일한 식생처럼 보였다. 봄바람이 그곳을 지나가면서 석유와 세일 냄새를 실어 날랐고 그에 섞여 한층 더 불쾌한 냄새를 퍼뜨렸다.

마침내 그들은 두 번째로 센 강을 건넜고 다리 위에서 황홀한 기분을 맛보았다. 강물에는 햇볕이 작열하고 있었고 수면 위로 햇볕에 증발하여 물안개가 피어올랐다. 공장이 뿜어내는 검은 연기와 쓰레기 처리장의 악취에서 벗어나 맑고 깨끗한 공기를 마시자 마침내 사람들의 가슴에 부드러운 평온과 상쾌한 안도감이 들었다.

지나가던 한 남자가 이 고장의 이름을 말해줬다. 브종이었다.

마차가 멈추고 뒤푸르 씨는 한 간이식당의 마음을 끄는 간판을 읽었다. "풀랭 식당, 생선 스튜와 튀김, 단체실, 산책로와 그네 있음. 어떻소, 부인, 괜찮아 보여요? 여기서 요기하겠소?"

부인도 따라 읽었다. "풀랭 식당, 생선 스튜와 튀김, 단체실, 산책로와 그네 있음." 그러고는 식당을 한참 바라보았다.

길가에 있는 하얗게 칠한 시골 여관이었다. 열린 문 너머로 주석으로 만든 카운터가 보였고 그 앞에는 나들이옷을 차려

입은 두 명의 노동자가 서 있었다.

마침내 뒤푸르 부인이 결정했다. "그래요, 여기 괜찮네요. 경치도 좋고요." 그러자 마차는 여관 뒤편으로 들어섰다. 키가 큰 나무들이 우거져 있는 활지로, 센 강과는 운하 길 하나만을 사이에 두고 있었다.

그들은 마차에서 내렸다. 남편이 먼저 뛰어내리고 두 팔을 벌려 아내를 받아 주었다. 철제 받침대 두 개로 고정된 발판은 땅에서 꽤 높았기 때문에 발을 디디려면 다리를 드러낼 수밖에 없었다. 그녀의 다리는 한때 가늘고 매끈했지만 이제는 허벅지부터 흘러내린 군살 때문에 예전의 매끈함은 사라지고 없었다.

뒤푸르 씨는 시골 풍경에 벌써 마음이 들뜬 탓에 아내의 종아리를 재빨리 꼬집더니 그녀를 두 팔로 번쩍 들어 올렸다가 커다란 짐짝처럼 털썩 땅에 내려놓았다.

그녀는 비단 드레스를 손바닥으로 두들겨 먼지를 털어내고 주변을 둘러보았다.

뒤푸르 부인은 서른여섯 살쯤 되어 보였다. 살집이 있고 성숙해서 보기에 유쾌했다. 그러나 힘껏 조여서 입은 코르셋 때문에 숨쉬기가 힘들었고 가슴이 이중 턱까지 밀려 올라와 있었다.

그다음으로 젊은 아가씨가 아버지의 어깨에 손을 얹고 가볍게 혼자 뛰어내렸다. 금발 청년은 바퀴에 한 발을 디디고 내려와서 뒤푸르 씨가 할머니를 내려주는 것을 도왔다.

그런 다음 말을 마차에서 풀고 고삐를 나무에 매어 두었다. 그러자 마차는 고꾸라지듯 앞으로 기울어졌고 끌채가 땅에 닿았다. 남자들은 코트를 벗고 양동이에서 손을 씻은 뒤, 벌써 그네에 앉아 있던 여자들에게 향했다.

뒤푸르 양은 혼자 서서 그네를 타보려고 했지만 높이 오르지 못했다. 그녀는 열여덟에서 스무 살쯤 된 아름다운 아가씨였다. 남자들이 길에서 마주치면 순간적으로 욕망이 솟구치고 밤까지 막연한 불안감과 본능을 동요시킬 만한 아가씨 중 하나였다. 키가 크고 몸매는 날씬했으며 엉덩이는 풍만했다. 까무잡잡한 피부에 눈은 매우 컸고 머리카락은 검었다. 그녀의 드레스는 풍만한 육체를 뚜렷하게 드러냈고 몸을 들어 올리려고 할 때마다 허리의 움직임 때문에 그 윤곽이 한층 더 강조되었다. 양팔을 뻗어 머리 위로 그넷줄을 잡고 있어서 발로 구를 때마다 그녀의 가슴도 흔들림 없이 솟아올랐다. 한 줄기 바람에 모자가 날아가 뒤로 떨어졌다. 그네가 되돌아올 때마다 가느다란 다리가 무릎까지 드러났고 치맛자락에서 향기가 풍겨왔다. 그 광경을 웃으며 바라보던 두 남자의 얼굴로 날아든 그 향기는 와인 향보다 더 아찔한 기운을 남겼다.

다른 그네에 앉아 있던 뒤푸르 부인은 단조롭고 끊임없는 목소리로 외쳤다. "시프리앵, 나 좀 밀어줘요. 좀 와서 밀어줘요, 시프리앵!" 결국 시프리앵이 그녀에게 다가가 마치 중요한 일에 착수하듯 셔츠 소매를 걷어붙이고 아내를 힘껏 밀었다.

줄을 움켜쥔 그녀는 발이 땅에 닿지 않도록 다리를 쭉 뻗고 있었다. 그네가 왔다 갔다 하면서 일어나는 약간의 어지럼증을 그녀는 즐겼다. 그네가 움직일 때마다 살집도 같이 흔들렸는데 그 모습은 마치 접시에 올려진 젤리 같았다. 그런데 그네가 점점 더 높이 올라가자 그녀는 현기증이 났고 무서웠다. 그래서 그네가 내려갈 때마다 날카로운 비명을 질러대는 통에 마을의 꼬마들이 모두 달려왔다. 멀찍이서, 그녀 앞에서, 정원 울타리 너머에서도 웃느라 일그러진 개구쟁이의 얼굴들이 장식처럼 줄지어 있는 것이 어렴풋이 보였다.

여종업원이 다가오자 그들은 점심 식사를 주문했다.

"센 강 잔고기 튀김, 토끼고기볶음, 샐러드 그리고 디저트요." 하고 뒤푸르 부인은 거드름을 피우며 또박또박 말했다. "2리터짜리 하우스 와인과 보르도 한 병도 주시오." 남편이 말했다. "우리는 풀밭에서 식사할 거예요." 하고 딸이 덧붙였다.

할머니는 여관에서 기르는 고양이를 보고는 애정이 솟아나 10분째 다정한 말을 쏟아내며 쫓아다녔지만 헛수고였다. 고양이는 내심 기분이 좋았던지 할머니의 손 주변을 맴돌면서도 절대 잡히지 않았다. 꼬리를 바짝 세우고 조용히 나무 주변을 돌면서 기분이 좋은 듯 작게 가르랑거리며 나무에 몸을 비비기도 했다.

"우와!" 마당을 살피던 금발 청년이 갑자기 외쳤다. "여기 정말 멋진 배가 있어요!" 모두가 배를 보러 갔다. 작은 나무 창고에 훌륭한 조정용 보트 두 척이 매달려 있었다. 고급 가구처럼 정교하게 만들어진 가늘고 날렵한 배였다. 배는 나란히 놓여 있었는데 길고 매끈한 형태 때문에 늘씬한 아가씨 둘이 쉬고 있는 듯했다. 배들을 보고 있자니 아름답고 포근한 저녁이나 맑은 여름 아침에 물 위로 미끄러지듯 나아가고 싶은 욕구가 일었다. 나뭇가지들이 물속에 잠겨 있고 갈대들이 끊임없이 살랑거리는, 물총새가 푸른 번개처럼 날아가고 꽃이 만발한 강둑을 지나가고 싶었다.

온 가족이 배들을 감탄하며 보고 있었다. "아! 정말 근사하군." 하고 뒤푸르 씨가 진지하게 말했다. 그는 전문가처럼 배를 유심히 살폈다. 그도 젊은 시절에 조정을 했다고 말하면서 다른 사람들은 아랑곳하지 않고 노 젓는 동작을 흉내 내 보였다. 예전에 조앵빌에서 열린 경주에서 영국 팀을 가볍게 꺾었다고 자랑하며 노를 고정하는 두 개의 노받이를 '담dames'이라고 불렀다면서 조정 선수들은 '담'* 없이 나서는 법이 없다고 농담을 던졌다. 그는 이야기를 이어가면서 점점 흥분했고 열변을 토했다. 이런 배를 타고 간다면 서두르지 않아도 시간당 6리외**는 갈 수 있다고 장담했다.

"식사가 준비됐습니다." 하고 여종업원이 입구에 나타나 말했다. 모두가 서둘렀다. 그런데 뒤푸르 부인이 속으로 정해 두었던 가장 좋은 자리에서 벌써 두 청년이 앉아 식사하고 있었다. 아마도 보트의 주인인 듯했다. 조정 선수복을 입고 있었기 때문이다.

그들은 거의 눕다시피 의자에 기대어 있었다. 얼굴은 햇볕에 그을렸고, 얇은 흰 면 셔츠만 걸쳐 입고 맨팔이 드러나 있었는데 대장장이의 팔처럼 탄탄했다. 활력을 얻기 위해서 운동을 하는 건장한 사내들이어서 반복되는 고된 노동으로 인해 어딘가 뒤틀린 노동자들과는 확연히 달랐다. 운동으로 얻은 탄력 있는 우아함이 엿보이는 몸이었다.

---

*　　프랑스어로 'dame'은 여성을 뜻하기도 하고 조정에서 노를 보트에 거는 장치인 노받이를 뜻하기도 한다. 동음이의어에서 유래된 농담이다.

**　　1리외lieue는 약 4km이다.

그들은 어머니를 보고 재빨리 미소를 주고받았고, 딸을 보고는 눈빛을 교환했다. "자리를 내드리자. 인사할 기회도 생기겠지."라고 한 청년이 말했다. 그러자 다른 청년이 곧바로 일어나 반을 빨갛고 반은 검은 모자를 손에 들고 정원에서 유일하게 그늘이 진 자리를 신사답게 두 여성에게 양보했다. 가족은 연신 미안해하면서도 제안을 받아들였다. 더욱 전원풍의 분위기를 내려는 듯, 탁자도 의자도 없이 풀밭 위에 자리를 잡았다.

두 청년은 식기를 챙겨서 몇 걸음 떨어진 곳으로 자리를 옮겨 다시 식사를 시작했다. 그들이 자꾸 드러내 보이는 맨팔 때문에 젊은 아가씨는 다소 신경이 쓰였다. 그래서 일부러 고개를 돌려 그들을 보지 않는 척했다. 이와 반대로 대담한 뒤푸르 부인은 욕망에서 비롯된 것일 수 있는 여성 특유의 호기심에 이끌려 그들을 계속 바라보았다. 그녀는 분명 유감스러운 마음으로 남편의 추한 몸과 이들을 비교했다.

뒤푸르 부인은 풀밭 위에 책상다리로 앉아 있었는데 개미가 들어왔다고 핑계를 대며 계속 몸을 꿈틀거렸다. 뒤푸르 씨는 낯선 사람들의 존재와 친절함에 심술이 나서 편한 자세를 잡으려고 했지만 허사였다. 금발 청년은 걸신들린 듯 말없이 밥을 먹고 있었다.

"날씨가 정말 좋네요." 뒤푸르 부인이 한 청년에게 말을 걸었다. 자리를 양보해 준 것에 대해 친절하게 대해주고 싶은 이유에서였다. 청년이 대답했다. "그러네요, 부인. 시골엔 자주 오시나요?"

"아! 일 년에 한두 번밖에 안 와요. 바람이나 쐬려고 오죠, 당신은요?"

"저는 매일 저녁 이곳에 와서 잠을 잡니다."

"아! 그러면 참 좋겠네요."

"네, 정말 그렇답니다, 부인."

그러고는 그는 자신의 일상을 서정적으로 이야기하기 시작했다. 그의 이야기는 온종일 상점 카운터를 지키느라 풀 한 포기 보지 못하고 전원 산책에 목말라 있는 부르주아들의 마음속에 감상적이고 우스꽝스러운 '자연 사랑'을 일깨웠다.

뒤푸르 양은 잠시 마음이 흔들린 듯 고개를 들어 조정 선수를 바라보았다. 뒤푸르 씨가 처음으로 입을 열었다. "그런 게 바로 인생이지." 하고 덧붙였다. "토끼고기 좀 더 들어요, 여보." "아니에요, 고마워요, 여보."

그녀는 다시 젊은이들을 향해 돌아서더니 그들의 팔을 가리키며 말했다. "그렇게 입고 다니면 춥지 않으세요?"

두 청년은 동시에 웃음을 터뜨렸다. 땀에 흠뻑 젖은 채로 물에 뛰어 들어갔던 이야기, 밤의 안갯속에서 경주했던 이야기 그리고 믿기 힘들 정도의 고된 이야기들을 늘어놓으며 가족을 깜짝 놀라게 했다. 그리고 가슴을 세게 두드리며 어떤 소리가 나는지 들려주었다. "당신들은 정말 건장해 보이는군요." 남편이 말했다. 그는 더 이상 영국인들을 때려눕혔던 시절에 대해서는 말하지 않았다.

뒤푸르 양은 이제 그들을 곁눈질로 살펴고 있었다. 금발 청년은 와인을 마시다 사레가 들려 연신 기침했고 그러는 사이에 뒤푸르 부인의 진홍빛 드레스를 더럽혔다. 그녀는 화를 내며 얼룩을 지워야 하니 물을 가져오라고 시켰다.

한편 날씨는 점점 더워졌다. 눈부신 강물이 열기를 내뿜는 듯했고 와인 기운이 머릿속을 어지럽혔다.

뒤푸르 씨는 심한 딸꾹질에 시달려 조끼와 바지 단추를 풀어헤쳤고 그의 아내는 숨이 막힐 듯 답답해하며 드레스의 단추를 몇 개 풀었다. 금발 청년은 아마빛 머리카락을 휘날리며 연이어 잔에 술을 부어 마셨다. 할머니는 취기가 오르는 것을 느끼고는 몸을 바르게 세우고 품위 있게 앉아 있었다. 한편 뒤푸르 양은 아무렇지 않아 보였다. 눈빛만이 희미하게 빛나고 갈색 피부 위로 두 뺨이 분홍빛으로 붉어졌을 뿐이었다.

식사가 끝나고 커피가 나왔다. 노래 이야기가 나왔고 저마다 한 소절씩 불렀다. 나머지 사람들은 미친 듯이 손뼉을 쳤다. 그런 다음 모두 힘겹게 몸을 일으켰고 두 여자는 어지러움을 느끼고 숨을 고르는 동안 두 남자는 완전히 술에 취해서 곡예를 하는 듯한 동작을 했다. 몸은 무겁고 축 늘어졌으며 얼굴은 불쾌하게 물들었다. 그들은 어설프게 봉에 매달려 보았지만 도무지 몸을 가누지 못했다. 셔츠는 바지에서 삐져나와 깃발처럼 바람에 나부꼈다.

그러는 사이 두 청년은 두 보트를 물 위에 띄워 놓고 여자들에게 예의를 갖추어 다가와 강으로 산책을 하자고 제안했다.

"뒤푸르 씨, 그래도 되죠? 부탁이에요!" 하고 아내가 외쳤다. 그는 취해서 멍한 눈빛으로 상황을 이해하지 못한 채 그녀를 바라보았다. 그러자 한 청년이 손에 낚싯줄 두 개를 들고 다가왔다. 상점 주인이라면 품을 만한 꿈인, 낚시로 물고기를 낚겠다는 희망에 차서 멍한 눈빛은 다시 반짝였고 그는 사람들이 하자는 대로 전부 허락했다. 잠든 금발 청년은 옆 그늘에 자리를 잡고 강물 위로 발을 건들거렸다.

한 청년이 기꺼이 나서서 어머니를 데려갔다. "영국인 섬의 작은 숲으로 갑니다!" 하고 그는 멀어지며 외쳤다.

다른 배는 더 천천히 나아갔다. 노를 젓던 청년은 함께 탄 뒤푸르 양을 쳐다보느라 정신이 팔린 상태였고 어떤 감정이 그를 사로잡아 온몸에 힘이 빠졌다.

뒤푸르 양은 키잡이 의자에 앉아 물 위로 나아가는 감미로움에 몸을 내맡겼다. 그녀는 생각을 멈추고 몸에 평온함을 느끼며 알 수 없는 황홀함에 자신을 온전히 내어주는 듯한 감각에 사로잡혀 있었다. 얼굴을 빨갛게 달아올랐고 호흡은 가빠졌다. 그녀를 휘감은 무더위와 와인의 취기에 어지럼증까지 더해져 강둑의 모든 나무가 지나갈 때마다 인사라도 하는 것 같았다. 쾌락에 대한 막연한 욕구와 동요하는 맥박이 이날의 열기와 함께 흥분한 그녀의 살결을 타고 퍼져갔다. 뙤약볕에 인적이 드문 강의 한가운데서 자신을 아름답다고 생각하는 이 젊은 남자와 단둘이 있다는 것이 어딘가 불안했다. 그의 시선은 마치 피부에 입을 맞추는 듯했고 그의 욕망은 태양처럼 강렬했다.

그들은 말을 잇지 못하고 가만히 있는 바람에 감정만 더욱 고조되었고 그저 주변을 둘러보기만 했다. 그러다가 그는 용기를 내어 그녀에게 이름을 물었다. "앙리에트요." 그녀가 말했다. "아! 내 이름은 앙리인데요." 그가 대답했다.

서로의 목소리를 듣자 둘은 조금 진정되었고 강가 풍경에 관심을 돌렸다. 다른 배는 멈춰 있었고 그들을 기다리는 듯 보였다. 그 배에 타고 있던 사람이 소리쳤다. "숲에서 다시 모이죠! 부인이 목마르다고 해서 우리는 로뱅송까지 갔다가 올게요." 그러고는 노를 젓기 시작하고 빨리 멀어져서 금세 시야에서 사라졌다.

얼마 전부터 희미하게 들려오던 물소리가 점점 가까워지고 있었다. 그 둔탁한 소리는 강물 깊은 곳에서 올라오는 것처럼 느껴졌다.

"이게 무슨 소리죠?" 그녀가 물었다.

그것은 섬 끝에서 강을 둘로 가르는 둑에서 떨어지는 물소리였다. 남자는 어떻게 설명해야 할지 망설이는데 그때 요란한 폭포 소리 사이로 어딘가에서 들려오는 뜻밖의 새소리에 놀랐다. "저기 보세요." 그가 말했다. "밤꾀꼬리가 낮에도 노래하네요. 암컷이 알을 품고 있나 보군요."

밤꾀꼬리! 그녀는 한반도 들어본 적 없는 새였고 새의 노랫소리를 듣게 됐다는 생각에 시적인 감수성이 마음속에 불현듯 피어올랐다. 밤꾀꼬리! 줄리엣이 발코니 위에서 기도하던 모습을 지켜본, 보이지 않는 증인. 사람들의 입맞춤을 허락하는 천상의 음악. 감상에 젖은 가련한 소녀들에게 푸른 이상을 열어주는 모든 애절한 연가의 영원한 영감!

이제 그녀는 정말로 밤꾀꼬리의 노래를 듣게 된 것이었다.

"소리 내지 마세요. 숲으로 내려가면 아주 가까이에서 들을 수 있을 거예요." 그가 말했다.

보트는 미끄러지듯 나아갔다. 섬 위로 나무들이 모습을 보였고 강둑은 매우 낮아서 눈길이 덤불 깊은 곳까지 닿았다. 배가 멈췄고 섬에 정박했다. 앙리에트는 앙리의 팔에 기대어 나뭇가지 사이로 걸어 들어갔다. "고개를 숙이세요." 그가 말했다. 그녀는 몸을 숙였고 그들은 덩굴과 나뭇잎, 갈대가 얽혀 있는 미로 같은 덤불 속으로 들어섰다. 그곳은 찾기 힘든 은신처였는데 청년은 웃으며 그곳을 '자신의 별실'이라고 불렀다.

머리 위로, 그들을 감싸주는 한 그루 나무에 앉아 있던 밤꾀꼬리가 여전히 목청껏 노래하고 있었다. 새는 진동음과 굴절된 선율을 내뽑더니 곧이어 공기를 가득 채우고 떨리는 소리를 길게 내질렀다. 그 소리는 강줄기를 따라 지평선 저 멀리 사라지고 들판을 짓누르는 뜨거운 정적 너머로 하늘 높이 날아가는 듯했다.

그들은 새가 날아가 버릴까 봐 잠자코 있었다. 두 사람은 나란히 앉아 있었고 앙리의 팔이 천천히 앙리에트의 허리를 감싸며 부드럽게 끌어당겼다. 앙리에트는 화를 내지 않았고 그가 다가올 때마다 과감한 그 손을 조금씩 밀어냈다. 그러면서도 그녀는 그 손길에 별로 개의치 않고 마치 자연스러운 일인 듯 떼어놓았다.

그녀는 새소리에 귀를 기울이며 황홀경에 빠져 있었다. 끝없이 밀려드는 행복에 대한 갈망과 갑작스러운 애정 그리고 시적 환희가 그녀를 지나갔다. 신경과 심장이 너무도 느슨해져서 자기도 모르게 눈물을 흘렸다. 청년은 이제 그녀를 품에 꼭 끌어안았다. 그녀도 더 이상 밀어내지 않았고 아무런 생각도 들지 않았다.

밤꾀꼬리가 갑자기 노래를 멈췄다. 멀리서 누군가가 외쳤다. "앙리에트!"

"대답하지 마세요. 새가 날아가 버릴 거예요." 그가 말했다.

그녀 역시도 대답할 생각이 없었다.

두 사람은 한동안 가만히 있었다. 뒤푸르 부인이 어딘가에 앉아 있던 모양이었다. 때때로 그 육중한 여인의 짧은 비명 같은 소리가 희미하게 들려왔으니, 아마도 다른 청년이 장난을 치고 있는 듯했다.

뒤푸르 양은 아주 감미로운 감정에 젖어 들어 연신 눈물을 흘렸다. 피부는 따뜻했고 무언가에 온몸이 따끔거렸다. 앙리의 머리가 그녀의 어깨에 기대어 있었다. 갑자기 그가 그녀에게 입을 맞추었다. 그녀는 격렬하게 저항하며 피하려고 몸을 뒤로 젖히려다 그만 등을 대고 누워버렸다. 그러나 그는 그녀에게 달려들어 온몸으로 덮쳤다. 그러고는 그를 피하는 그녀의 입술을 한참 동안 쫓았고 마침내 입술을 붙잡아 자기 입술로 포갰다. 그러자 거센 욕망에 사로잡힌 그녀는 그에게 입맞춤을 되돌려주며 그를 가슴에 꼭 끌어안았다. 그녀의 모든 저항은 무거운 짐에 짓눌린 것처럼 무너져버렸다.

주변은 온통 고요했다. 그때 새가 다시 노래를 시작했다. 먼저 사랑의 호소처럼 들리는 날카로운 세 음을 내고 잠시 조용했다가 약해진 목소리로 매우 느린 선율을 이어갔다.

부드러운 미풍이 스쳐 지나가며 나뭇잎의 속삭임을 일으켰고 나뭇가지 사이 깊숙한 곳에서 뜨거운 두 숨결이 뒤섞여 녹아들었다.

새는 도취에 빠져들었고 그 목소리는 점점 빨라져서 불길이 타오르고 열정이 커지면서 나무 아래서 들려오는 입맞춤 소리에 반주하는 듯했다. 그러다가 새의 목구멍에서 흥분이 터져 나왔다. 길게 이어지는 곡조에는 황홀함과 장대한 선율의 경련 같은 격정이 있었다.

때로는 노래를 잠시 쉬었다가 가볍게 두세 음을 부르더니 갑자기 아주 높은 음으로 끝을 맺었다. 혹은 정신없이 질주하듯, 치솟은 음계와 떨림, 격렬한 끊어짐이 이어져 마치 격정적인 사랑의 노래 같았고 그 뒤로 승리의 외침이 따랐다.

그러다가 불현듯 새는 침묵했다. 아래쪽에서 영혼의 작별 인사 같은, 깊은 신음이 들렸기 때문이다. 그 소리는 한동안 이어지더니 흐느낌 속에서 사라졌다.

푸른 풀밭 침대에서 일어났을 때 그들은 몹시 창백했다. 파란 하늘은 어두워 보였고 뜨거운 태양도 그들의 눈에는 꺼져 있었다. 그제야 고요함과 고독을 느꼈다. 두 사람은 말없이 떨어져서 빠르게 걸었다. 마치 그들 몸 사이에서 혐오가, 정신 사이에서는 증오가 싹튼 것처럼 화해할 수 없는 원수가 되어 버린 듯했다.

이따금 앙리에트가 소리쳤다. "엄마!"

덤불 아래서 술렁이는 소리가 났다. 앙리는 누군가가 굵은 장딴지 위로 흰 치맛자락을 급히 덮는 걸 본 듯했다. 그러고는 그 육중한 부인이 나타났다. 다소 당황한 듯했고 얼굴은 더욱 붉어져 있었으며 눈은 매우 반짝였고 가슴은 들썩였다. 아마도 옆 남자와 너무 가까이 있었던 모양이다. 그 남자는 무언가 재밌는 광경을 본 게 분명했다. 그의 얼굴에는 자신도 모르게 터져 나온 웃음이 번져 있었기 때문이다.

뒤푸르 부인은 애정 어린 표정으로 그의 팔을 붙잡았고 모두 배가 있는 곳으로 돌아갔다. 앞에서 뒤푸르 양과 함께 말없이 걷고 있던 앙리는 누군가 숨죽여 나눈 커다란 입맞춤 소리를 들은 것 같았다.

마침내 모두 브종으로 돌아왔다.

술에서 깬 뒤푸르 씨는 조바심을 내고 있었다. 금발 청년은 여관을 떠나기 전에 간단히 요기하고 있었다. 마당에서는 마차에 이미 마구가 채워져 있었고 할머니는 벌써 마차에 올라타 있었다. 해가 지기 전에 들판을 건너지 못할까 봐 걱정했는데 파리 근교는 그리 안전하지 않기 때문이었다.

모두가 악수를 나누고 뒤푸르 가족은 떠났다. "안녕히 가세요!" 하고 조정 선수들이 외쳤다. 그들에게 한숨과 눈물이 대답했다.

두 달 뒤, 앙리는 마르티르 거리에서 어느 가게의 문에 이렇게 적힌 것을 보았다. '뒤푸르 철물점' 그는 안으로 들어갔다.

그 육중한 부인이 카운터를 지키고 있었다. 몸집은 그새 더 불어나 있었다. 둘은 곧 서로를 알아보았고 온갖 정중한 인사가 오간 뒤 그는 안부를 물었다. "앙리에트 양은 어떻게 지내고 있나요?"

"아주 잘 지내고 있어요, 고마워요. 결혼했답니다."

"아…!"

어떤 감정이 그를 사로잡았다. 그는 덧붙였다.

"그런데… 누구와?"

“그때 저희와 함께 있었던 그 청년과요. 기억하시죠? 이제 가게를 물려받을 거예요.”

“아! 그렇군요.”

그는 왜인지 모르게 무척 침울해져서 돌아가려고 했다. 그때 뒤푸르 부인이 그를 불러세웠다.

“그때 친구분은요?” 하고 그녀가 조심스럽게 물었다.

“그 친구도 잘 지내고 있습니다.”

“안부 전해주세요, 꼭이요. 그리고 혹시 근처에 오게 되면 우리 집에 들러 달라고 전해주세요…”

그녀의 얼굴은 꽤 붉어졌고 이렇게 덧붙였다. “그러면 정말 기쁠 거예요. 꼭 전해주세요.”

“물론이죠. 그럼 안녕히 계세요!”

“네… 또 봬요!”

이듬해 무척 더운 어느 일요일, 앙리는 한 번도 잊은 적 없던 그날의 장면들이 문득 세세하게 떠올랐다. 그 기억이 너무도 선명하고 간절하게 떠올라 그는 홀로 숲속의 별실로 향했다.

안으로 들어서면서 그는 화들짝 놀랐다. 그녀가 거기 있었다. 풀밭에 앉아서 슬픈 표정을 하고 있었는데 그 옆에는 셔츠 차림의 남편, 그 금발 청년이 동물처럼 곤히 잠들어 있었다.

앙리를 본 그녀는 얼굴이 하얗게 질려서 곧 기절할 것만 같았다. 그러나 곧 그들은 아무 일도 없었다는 듯 자연스럽게 이야기를 나누기 시작했다.

그가 이곳을 아주 좋아해서 일요일마다 쉬러 온다고, 많은 추억이 생각난다고 말하자 그녀는 오랫동안 그의 눈을 바라보았다.

"저도요, 매일 밤 이곳을 생각해요." 그녀가 말했다.

그때 옆에서 그녀의 남편이 하품하면서 일어나더니 이렇게 말했다.

"여보, 이제 슬슬 가야겠는걸."

고백

La Confidence

La Confidence

그랑주리 남작 부인은 긴 의자에 기대어 졸고 있었다. 그때 렌느두 후작 부인이 문을 홱 열고 들어섰다. 얼굴은 불안해 보였고 상의는 조금 구겨져 있었으며 모자는 비스듬히 기울어 있었다. 그녀는 의자에 털썩 주저앉으며 말했다.

"휴! 끝났어!"

늘 차분하고 온화한 친구였기에 그녀는 깜짝 놀라 몸을 일으켰다.

"뭐? 뭘 했다는 거야?"

후작 부인은 도무지 앉아 있을 수 없었다. 자리에서 일어나 방안을 이리저리 걷다가 친구가 쉬고 있던 긴 의자 발치에 털썩 주저앉아 그녀의 손을 잡았다.

"친구야, 들어봐. 이제부터 내가 고백할 이야기를 절대 다른 사람에게 말하지 않겠다고 맹세해 줘!"

"맹세할게."

"네 영원한 구원을 걸고?"

"내 영원한 구원을 걸고."

"좋아! 방금 시몽에게 복수했어!"

그러자 친구가 외쳤다.

"오, 잘했어! 정말 잘했어!"

"그렇지? 생각해 봐. 지난 6개월 동안 시몽은 더는 참을 수 없을 정도로 굴었어. 정말 모든 면에서 참을 수 없었지. 내가 그 사람이랑 결혼했을 때 물론 못생겼다는 건 알고 있었지만 그래도 좋은 사람일 거라 믿었어. 그런데 다 내 착각이었던 거야! 그이는 아마도 내가 있는 그대로의 자기를 사랑한다고 생각했나 봐. 불룩 튀어나온 배랑 그 빨간 코까지 말이야. 그래서인지 나한테 강아지처럼 애교를 부리기 시작하는 거야. 나는, 너도 알다시피, 그러는 게 난 그냥 웃겼어. 그래서 그때부터 그를 '강아지'라고 부른 거야. 남자들이란 정말 자신에 대해 이상한 착각에 빠지고는 한다니까. 그런데 내가 그 사람에게 느끼는 감정이 우정뿐이라는 걸 알게 된 후로, 그이는 의심이 많아지고 나한테 아양을 떤다는 둥, 영악하다는 둥 신랄한 말들을 퍼붓기 시작했어. 그런데 그게 갈수록 더 심해졌어. 그… 뭐라고 해야 할까… 말하기 참 힘든데… 어쨌든 그이는 날 정말 사랑했어. 정말 사랑했지… 그리고 그 마음을 자꾸 보여주려 했어. 아! 친구야, 정말이지 그렇게 우스꽝스러운 남자에게 사랑을 받는다는 게 얼마나 고통스러운 일인지… 정말 나는 견딜 수 없어… 전혀… 매일 밤, 생니가 뽑히는 고통이랄까… 아니, 그것보다 더해! 아닌 게 아니라 네가 아는 사람 중에 배가 불룩한 데다 아주 못생기고 우스꽝스럽고 혐오스러운 사람이 있다고 상상해 봐. 그 배가 최악이지만 굵은 장딴지에는 털도 많아. 상상이 가지? 그런 사람이 바로 네 남편이라고 상상해 봐… 그리고… 매일 밤… 무슨 말인지 알 거야. 아니, 그건 정말 너무 끔찍해…! 끔찍하다고…! 속이 메스껍고, 정말 구역질이 나서… 토할 것 같았어. 진짜 더는 못 참겠더라. 이런 경우를 대비해서 여성을 보호하는 법이 있어야 해. 생각해 봐, 매일 밤… 웩! 정말 더러워!

시적인 사랑을 꿈꿨던 것은 아니야, 전혀. 그런 건 이제 존재하지도 않아. 오늘날 세상의 모든 남자는 마부 아니면 은행가야. 말과 돈만 사랑하지. 여자를 사랑한다고 해도 그건 말을 다루듯 사랑하는 거야. 자기들 살롱에 여자들을 전시하는 거지. 자랑하듯 보여주려고 불로뉴 공원에 밤색 말 한 쌍을 데려오는 것처럼 말이야. 딱 그런 거야. 이제는 삶에 감정이 끼어들 틈이 전혀 없어.

그러니까 우리는 현실적이고 무심한 여자로 살아가자. 인간관계조차 반복되는 만남일 뿐이고 또 매번 똑같잖아. 애정이나 다정함을 쏟을 만한 상대가 어디 있겠어? 남자들, 특히 요즘 남자들을 보면 대부분 생긴 건 그럴듯하지만 똑똑하지도 섬세하지도 않아. 조금이라도 똑똑한 구석을 찾으려 들면 사막에서 물을 구하는 것만큼 힘들어. 예술가라 불리는 사람들도 결국 견딜 수 없을 만큼 허세가 가득하거나 교양 없는 보헤미안들뿐이야. 나는 디오게네스처럼 파리를 다 뒤져서라도 찾을 수 있다면, 단 한 사람이라도 괜찮은 사람을 찾아보려고 했어. 그런데 이제는 알아. 그런 사람은 찾을 수 없어. 그러니 곧 등불을 꺼야지.* 내 남편 이야기로 돌아가자면 말이야. 그 사람이 셔츠에 속바지 차림으로 집으로 들어오는 것을 보고 충격을 받았어. 그래도 나는 할 수 있는 것은 다 해봤어. 전부 다. 너도 무슨 말인지 알 거야. 나한테서 정떨어지게 만들려고… 나한테 질리게 만들려고. 처음에 그이는 몹시 화를 냈어. 그러더니 점점 질투하기 시작했고 급기야 내가 바람을 피우고 있다고 생각하는 거야. 처음에는 그냥 나를 감시하기만 했어. 집에 돌아오는 길에 마주치는 남자들 하나하나를 노려

---

* 디오게네스는 고대 그리스의 견유학파 철학자이다. 그는 한낮에 등불을 들고 사람다운 사람을 찾아다녔다고 한다.

보더라. 그러다가 나중에는 구속하기 시작했어. 나를 따라다녔어, 그곳이 어디든. 현장을 잡겠다는 심산으로 끔찍한 방법들을 다 쓰더라. 결국에는 내가 누구와도 대화하지 못하게 했어. 무도회에서는 내 뒤에 바짝 붙어서 내가 한마디만 해도 그 커다란 사냥개 같은 머리를 쑥 내밀고 쳐다봤다니까. 뷔페 쪽으로 가면 따라오고 누구와도 춤추지 못하게 막고 군무를 추는 와중에도 나를 데려가 버리는 바람에 내 꼴이 멍청하고 우스워졌지 뭐야. 사람들이 날 보고 뭐라고 했을까. 그때부터야, 내가 사람들을 만나지 않는 것이.

둘만의 공간에서는 더 최악이었어. 그 비열한 사람이 나한테 뭐라고 했는지 상상해 봐. 나를… 나를… 그 말을 차마 입에 올릴 수도 없어… '창녀'라고 불렀어!

세상에…! 저녁마다 나한테 "오늘은 누구와 잤어?" 이러는 거야. 내가 눈물을 흘리면 그 사람은 만족해했어.

그 뒤로는 더 심해졌어. 지난주에는 그 사람이 날 데리고 상젤리제로 저녁을 먹으러 가더라. 그런데 하필이면 보비냑이 바로 옆 테이블에 앉아 있는 거야. 그를 보고 시몽이 화가 나서 갑자기 내 발을 짓밟더니 멜론 너머로 씩씩대며 이러는 거야. "저 녀석을 만나기로 약속했지? 더러운 년, 두고 봐." 그런 다음에 그이가 어떻게 했는지 넌 상상도 못 할 거야. 내 모자에 꽂혀 있던 핀을 살살 빼더니 그걸로 내 팔을 찌르는 거야, 정말로. 내가 크게 비명을 지르니까 모두가 달려왔어. 그때 그 사람은 소름 끼치게도 안타까운 척 연기를 하는 거야. 너도 이제 잘 알겠지!

그 순간 나는 마음먹었어. 복수하자, 더 미루지 말고. 너라면 어떻게 하겠어?"

"오! 나라도 복수할 거야…!"

"그렇지, 바로 그거야."

"그런데 어떻게?"

"뭐가? 아직도 모르겠어?"

"친구야, 그런데… 하지만 … 아, 그래…"

"뭐가 그래…? 자 봐봐. 그 사람 얼굴을 생각해 봐. 넙데데한 얼굴에 빨간 코 그리고 개의 귀처럼 늘어져 있는 구레나룻. 너도 봤겠지."

"응."

"그런 주제에 질투는 얼마나 심한지."

"맞아."

"그래서 복수를 결심한 거야. 나를 위해. 마리까지 대신해서. 너한테는 꼭 말하려고 했어. 너한테만. 그 얼굴을 떠올려 봐. 그리고 생각해 봐, 그 사람이… 그 사람이 말이지…"

"뭐야… 너 그를…"

"아! 친구야, 제발 아무에게도 말하지 않는다고 다시 맹세해 줘…! 그런데 말이야, 이게 얼마나 웃긴지 생각해 봐! 생각해 봐… 그때 이후로 그 사람이 완전히 달라 보이는 거야! 나 혼자 웃음이 나와서… 혼자서 말이야… 그 사람 얼굴을 생각해 봐…!!!"

남작 부인은 친구를 바라보다가 목구멍까지 차오른 웃음을 결국 참지 못하고 이 사이로 터뜨렸다. 그렇게 그녀는 웃기 시작했는데 마치 신경 발작이라도 일으킨 듯한 웃음이었다. 두 손으로 가슴을 누르고 얼굴은 일그러졌다. 앞으로 고꾸라질 듯이 몸을 숙이며 숨이 막힐 정도로 웃어댔다.

그러자 이번에는 후작 부인이 웃음을 터뜨렸다. 그녀는 작은 비명을 연달아 내뱉었다.

"생각해 봐… 생각해 보라고… 웃기지 않아? 말해 봐… 그 사람 얼굴을 떠올려봐! 그 구레나룻! 그 코! 생각하면… 웃기지? 그런데 제발… 절대 말하지 마… 절대로… 말하면… 안 돼… 절대로…!"

두 사람은 숨도 제대로 쉬지 못할 정도여서 말을 잇지 못했고 너무 웃어서 눈물까지 흘렸다.

남작 부인이 먼저 진정했다. 여전히 숨을 헐떡이며 말했다.

"아… 어쩌다 그런 건지 말해 줘… 말해 봐… 너무 우스워… 정말 우스워!"

그런데 후작 부인은 도저히 입이 떨어지지 않았다. 더듬더듬 말을 이었다.

"결심하고 나서… 이렇게 생각했어… '자, 서두르자… 당장 해치워야 해…' 그리고 난… 오늘… 해버렸어…"

"오늘이라고…!"

"응… 조금 전에… 시몽한테 너희 집으로 나를 데리러 오라고 했어, 같이 외출하자고… 시몽이 곧 올 거야… 곧 온다고…! 올 거야…! 상상해 봐… 그 사람을 보고 어떤 표정을 지을지 상상해 봐…"

남작 부인은 한결 진정됐지만 마치 달리기라도 한 것처럼 숨을 헐떡였다. 그녀가 다시 말했다.

"오…! 어떻게 한 건지 말해 봐… 어서 말해 줘!"

"아주 간단해… 난 이렇게 생각했어. 그 사람은 보비냑을 질투하니까. 좋아! 그럼 보비냑으로 하자. 보비냑은 바보 같지만 아주 바른 사람이야. 절대 아무에게도 말하지 않을 거야. 그래서 점심을 먹고 나서 그 사람 집으로 갔어."

"너 그 사람 집에 간 거야? 무슨 핑계로?"

"모금… 고아들을 위한 모금…"

"이야기해 봐… 빨리… 말해 봐…"

"나를 보고는 그 사람은 깜짝 놀라서 아무 말도 못 했어. 그러더니 모금에 루이 금화 두 개를 줬어. 그리고 내가 일어나서 가려는데 남편 안부를 묻는 거야. 그래서 나는 더 이상 참을 수 없는 척하면서 마음속에 담아둔 걸 다 털어놨어. 실제보다 더 심하게 말했지! 그러자 보비냑은 흥분하면서 날 도와줄 방법을 찾으려고 하더라… 그때부터 난 울기 시작했어… 마음만 먹으면 누구나 흘릴 수 있는 그런 눈물이었어… 그는 날 위로해 줬어… 날 의자에 앉히더니… 내가 좀처럼 진정하지 않으니까 날 안았어… 그리고 내가 이렇게 말했지. '아! 불쌍한 사람… 불쌍한 사람…' 그랬더니 그도 따라서 말했어. '아! 불쌍한 사람… 불쌍한 사람…' 그러면서 계속 날 안아줬어… 계속… 끝까지. 그게 다야.

그다음에는 깊은 절망에 빠진 척하면서 원망을 퍼붓는 연기를 했어. 아! 내가 얼마나 그 사람을 욕했는지 몰라. 아주 천한 인간 취급을 했어… 그런데 속으로는 어찌나 웃음이 나는지. 시몽이 생각나서 말이야. 그 얼굴, 그 구레나룻이 생각나서! 상상해 봐…! 정말 상상해 봐! 너희 집에 오는 길에도 웃음을 참을 수 없었어. 그런데 생각해 봐…! 이제 된 거야! 무슨 일이 생기든 간에 된 거라고! 그이가 그토록 무서워하는 일이 벌어진 거야! 전쟁이 나든, 지진이 나든, 전염병이 돌든, 우리가 다 죽든… 이제는 벌어진 일이야! 아무것도 이제 막을 수 없어!!! 그 얼굴을 생각해 봐… 너도 이제 끝났다고 생각해 봐!"

숨이 넘어갈 듯 웃고 있던 남작 부인이 물었다.

"또 보비냑을 만날 거야?"

"아니, 절대로 안 만나. 좀 질렸다고 해야 하나… 남편보다 나을 게 없어…"

그리고 그 둘은 또다시 웃음을 터뜨렸는데 마치 간질 발작이라도 일으킨 것처럼 온몸을 떨 정도였다.

그때 초인종 소리가 들렸고 웃음은 멈췄다.

후작 부인이 속삭였다.

"그 사람이야… 봐봐…"

문이 열리자, 거대한 남자가 나타났다. 얼굴이 벌겋고 입술은 두툼하며 구레나룻을 축 늘어뜨린 뚱뚱한 남자였다. 그는 눈을 부라리며 안을 둘러봤다.

두 여인은 그를 흘낏 쳐다보고는 긴 의자에 쓰러지듯이 몸을 던지며 또 미친 듯이 웃어댔다. 끔찍한 고통을 겪는 사람처럼 신음이 섞여 있었다.

그 남자는 억누른 목소리로 중얼거렸다.

"미쳤어? … 미쳤어? … 정말 미쳤어 …?"

텔리에의 집

La Maison Tellier

텔리에의 집

La Maison Tellier

1

사람들은 매일 밤 11시쯤이면 카페에 가듯 자연스럽게 그곳에 갔다.

그곳에는 늘 여섯에서 여덟 명 정도가 모여 있었는데 언제나 같은 얼굴들이었다. 주색잡기를 즐기는 이들이 아니라 나름 존경받는 이들이나 버젓한 상인, 마을 청년들이었다. 사람들은 샤르트뢰즈 술*을 마시면서 여자들을 희롱하거나 모두가 존경하는 마담과 진지한 대화를 나누고는 했다.

다들 자정 전에는 집으로 돌아가 잠자리에 들었다. 가끔 젊은이들은 계속 남아 있기도 했다.

* 리큐어의 일종으로 그랑드 샤르트뢰즈 수도원에서 처음 만들어져 붙여진 이름이다.

그 집은 아주 작고 노란색으로 칠해져 있어 가정집 분위기였다. 생테티엔 교회 뒤편의 골목 모퉁이에 자리하고 있었다. 창문 너머로는 하역 중인 배들로 가득 찬 부두와 '라 르트뉘'라고 불리는 거대한 염전 그리고 그 뒤로는 오래되어 회색빛을 띠는 작은 예배당이 있는 비에르주 언덕이 보였다.

마담은 외르 지방의 성실한 농업 집안 출신으로, 모자 장인이나 속옷 장인이 되는 것처럼 이 일을 받아들였다. 도시라면 매춘이라는 것에 폭력적이고 뿌리 깊은 편견이 따라붙지만 노르망디 농촌에서는 전혀 그렇지 않았다. 시골 사람들은 "괜찮은 직업이지." 딸을 여학교에 보내듯 여인숙의 하렘을 맡기기도 한다.

이곳은 원래 마담이 나이 든 삼촌에게서 유산으로 물려받은 것이다. 마담과 남편은 이브토 근처에서 여관을 운영했었다. 하지만 페캉에서의 사업이 더 수익성이 있다고 판단해 바로 가게를 정리했다. 그렇게 그들은 어느 날 쾌청한 아침, 주인이 없는 사이에 망해가던 이 업소를 인수하게 된 것이다.

그들은 모두 인성이 좋은 사람들이었고 덕분에 금세 직원들과 이웃들의 호감을 샀다.

그로부터 2년 후, 남편은 뇌출혈로 세상을 떠났다. 새로운 가게 때문에 게으르고 무기력하게 지내던 그는 살이 지나치게 쪄서, 결국 그 체중에 눌려 숨이 막혔다.

남편이 죽은 뒤로 업소의 단골손님들은 과부가 된 마담을 괜스레 열망의 대상으로 삼았지만 그녀는 정숙한 여자라고 소문이 났고 창부들조차도 그녀의 속내는 알지 못했다.

그녀는 키가 크고 풍만했으며 호감 가는 인상이었다. 늘 닫혀 있어 어두운 방 안에서 그녀의 창백한 얼굴은 기름칠한 듯 윤기가 흘렀다. 가늘고 구불거리는 인조 머리카락이 이마를 감싸고 있어 성숙한 몸매와는 어울리지 않는 젊은 느낌을 주었다. 언제나 명랑하고 환한 표정을 지으며 즐거운 농담을 던졌다. 그런 새로운 직업에도 절제된 태도를 잃는 법이 없었다. 그녀는 저속한 말들을 여전히 불편해했고 어느 청년이 예의 없이 그녀가 운영하는 업소 이름으로 자기를 부르면 분노하며 참지 않았다. 마담은 섬세한 마음을 가졌고 창부들을 친구처럼 대하면서도 "우리는 같은 부류가 아니다."라고 자주 말하고는 했다.

그녀는 이따금 주중에 여인 몇 명을 데리고 마차를 빌려 타고 외출했다. 발몽 골짜기 아래로 흐르는 작은 강가의 풀밭에서 한가롭게 시간을 보냈다. 그때만큼은 학교를 탈출한 기숙생들처럼 미친 듯이 뛰어다니고 어린애 같은 놀이를 하면서 신선한 공기에 취해 은둔의 즐거움을 만끽했다. 잔디밭에서 소시지에 사과주를 마셨고 해가 질 무렵에는 달콤한 피로감에 젖어 감상에 빠진 채 돌아왔다. 마차 안에서 그녀들은 어머니처럼 자애롭고 친절한 마담을 포옹했다.

그 집에는 입구가 두 개 있었다. 한쪽 입구는 모퉁이에 있었는데 허름한 술집으로 운영되어 저녁에 서민들과 선원들을 위해 문을 열었다. 두 명의 여자가 이곳 손님들의 욕구를 충족시키는 특별한 영업을 맡고 있다. 그녀들은 키가 작고 금발이며 수염이 없고 소처럼 힘이 센 프레데릭이라는 종업원의 도움을 받아 흔들거리는 대리석 테이블에 와인과 맥주를 나르고 술을 마시는 손님들의 무릎에 걸터앉거나 목에 팔을 두르고 술을 마시도록 부추겼다.

여자들은 총 다섯이었는데 다른 세 여자는 일종의 상류층에 속해 있었다. 그녀들은 주로 2층 손님을 상대했는데 아래층에서 찾을 때나 2층에 손님이 없을 때만 내려갔다.

주피테르 살롱이라고 불리는 방은 동네 부르주아들이 모이는 곳으로 파란 벽지로 장식되어 있고 백조 아래 누운 레다의 그림 한 점이 걸려 있다. 이곳에 들어가려면 좁고 소박한 출입문에 이어진 나선형 계단을 올라가야 했다. 그 문은 거리로 통해 있고 그 위로는 작은 등불이 하나 켜져 있는데 철망 뒤에서 밤새도록 빛나는 모습이 어느 도시에서 본 듯한, 벽에 새겨 넣은 성모상 아래에 켜놓은 작은 등불을 연상시켰다.

건물은 습하고 낡아서 약간 곰팡내가 났다. 가끔은 오데 콜로뉴 향이 복도를 스치듯 지나갔고 아래층의 열린 문틈 사이로 들려오는 천둥처럼 요란스러운 남자들의 고함이 집안 전체에 울렸다. 그러면 2층 신사들은 불안과 혐오를 느끼며 입을 삐죽거렸다.

마담은 단골손님들과 허물없이 지냈다. 살롱을 비우는 일은 거의 없었고 손님들이 들려주는, 시내에 도는 소문에 관심을 가졌다. 그녀의 진지한 이야기는 세 여자의 잡다한 이야기 속에서 기분 전환이 되었다. 배불뚝이 단골손님들이 매일 저녁 창부들과 어울려 술 한 잔을 나누는, 평범하고 소소한 방탕 속에서 그녀는 짓궂은 희롱 사이에 놓인 휴식과 같았다.

2층의 세 아가씨의 이름은 페르낭드, 라파엘 그리고 로자 라 로스였다.

직원 수가 적은 탓에 각각 하나의 여성 표본이자 유형의 축약처럼 보이도록 신경 썼다. 그래서 어떤 손님이 오더라도 그곳에서 어느 정도는 자기 이상형에 부합하는 여자를 찾을 수 있게 하려는 것이었다.

페르낭드는 아름다운 금발이었고 키가 아주 크고 거의 비만에 가까웠으며 느긋한 시골 여자였다. 주근깨가 선명했고

밝고 짧은 머리카락이 마치 삼베를 빗질한 것처럼 듬성듬성
했다.

라파엘은 마르세유 출신으로 항구를 떠도는 창부였고 그
런 곳이라면 반드시 있어야 하는 아름다운 유대인 여자를 맡
고 있었다. 마르고 튀어나온 광대뼈를 붉게 칠했다. 까만 머리
카락은 소골수로 윤기를 내고 양쪽 관자놀이에 갈고리 모양
으로 붙여 놓았다. 그녀의 눈은 각막 백반이 없었다면 아름다
웠을지도 모른다. 도드라진 턱 위로 휘어진 매부리코가 드리
워져 있고 새로 해 넣은 두 개의 하얀 윗니는 시간이 지나면서
오래된 나무처럼 누레진 아랫니들과 조화를 이루지 못하고
눈에 띄었다.

로자 라 로스는 배에만 살집이 몰려 있는 작은 살덩어리 같
았고 다리는 짧았다. 아침부터 저녁까지 쉰 목소리로 외설스
럽거나 감상적인 노래를 번갈아 불렀고 의미도 없는 이야기
를 끝도 없이 늘어놓았다. 말하지 않을 때는 먹고 있었고 먹
지 않을 때는 떠들었다. 언제나 바삐 움직였는데 통통하고 다
리는 짧았어도 다람쥐처럼 유연했다. 그녀의 웃음소리는 날
카로운 비명이 폭포처럼 쏟아지는 듯했고 툭하면 이 방 저 방,
다락방, 카페 할 것 없이 어디서나 터져 나왔다.

1층의 두 여자는 루이즈와 플로라였다. 루이즈는 꼬꼬*라

는 별명으로 불렸고 플로라는 다리를 약간 절어서 그네라고 불렸다. 루이즈는 혁명가처럼 삼색 띠를 두르고 있고 플로라는 스페인 여자처럼 꾸몄는데 당근색 머리카락에 단 구릿빛 장식들이 그녀가 다리를 절 때마다 찰랑찰랑 흔들렸다. 두 사람 모두 카니발을 위해 차려입은 식모들 같았다. 여느 서민 여성들과 다를 바 없이 그리 예쁘지도 못생기지도 않은 진짜 여관 하녀 같은 인상이었고 항구 사람들은 이들을 두 개의 펌프라고 불렀다.

마담의 현명한 중재와 타고난 쾌활함 덕분에 이 다섯 여자 사이에서 질투 어린 평화가 유지되고 있었다.

작은 마을에 있는 유일한 업소여서 가게는 단골손님들로 늘 붐볐다. 마담은 이곳을 훌륭하게 운영하고 있었고 모든 손님에게 친절하고 상냥하게 대했다. 선량한 성품이 널리 알려져서 일종의 존경을 받기도 한다. 단골들은 그녀를 위해 기꺼이 돈을 쓰고 자신을 조금 더 특별히 대해주면 승리감을 느끼기도 했다. 단골들은 낮에 볼일을 보다가 서로 마주치기라도 하면 이렇게 말하고는 했다. "오늘 저녁에 거기서 보죠." 마치 "카페에서? 맞죠? 저녁 식사 후에."라고 하는 듯이.

---

* Cocotte. 코코트는 어린 암탉 또는 첩, 창녀 등을 의미한다.

텔리에 집은 하나의 의지처였고 일상의 모임에 빠지는 사람은 거의 없었다.

그런데 5월 말 어느 저녁, 목재상이자 한때 촌장이었던 풀랭 씨가 제일 먼저 도착해서 가게에 문이 닫혀 있는 것을 발견했다. 철망 너머의 작은 등불은 꺼져 있었고 안에서는 쥐 죽은 듯 아무 소리도 들리지 않았다. 그는 처음에 조심스레 문을 두드리다가 점차 강도를 높였지만 아무도 대답하지 않았다. 그는 종종걸음으로 거리로 다시 올라갔고 시장 광장에 이르렀을 때 같은 곳으로 향하던 선주 뒤베르 씨를 만났다. 둘은 함께 다시 술집으로 향했지만 성과는 없었다. 그러던 중 갑자기 곳곳에서 큰 소음이 터져 나왔다. 술집으로 돌아가 보니 프랑스 선원들과 영국 선원들이 떼를 지어 닫힌 술집 덧문을 주먹으로 두드리고 있었다.

두 부르주아는 엮이지 않으려고 서둘러 자리를 피했지만 "어이!" 하는 나직한 소리에 발걸음을 멈췄다. 생선 염장업자인 투르느보 씨였다. 그들을 알아보고 불렀던 것이다. 그들은 투르느보 씨에게 사정을 설명했다. 투르느보 씨는 기혼자이고 집안의 가장인 데다 그를 보는 눈이 많았던 탓에 '안전상'의 이유로 토요일에만 이곳을 찾았다. 친구인 보르드 의사에게서 위생 경찰이 정기적으로 단속을 나간다는 말을 들었기 때문이었다. 그런데 바로 오늘 밤이 그날이었는데 문이 닫힌 바람에 한 주 내내 이곳에 올 수 없게 된 셈이었다.

세 남자는 크게 돌아서 부두까지 갔다. 가는 길에 은행가의 아들로, 가게 단골인 청년 필립 씨와 세금 징수원 팡페스 씨를 만났다. 그들은 다 같이 '유대인' 거리를 지나 마지막으로 한 번 더 가게로 가보기로 했다. 그런데 성난 선원들은 술집을 포위하고 돌을 던지며 고함을 질렀다. 1층의 다섯 손님은 재빨리 돌아서서 거리를 배회하기 시작했다.

그들은 보험 중개인 뒤퓌 씨와 상사법원 판사 바스 씨도 만났다. 그렇게 긴 산책이 시작되었다. 그들은 먼저 부두에 닿았다. 화강암 난간에 일렬로 앉아 파도가 만드는 포말을 바라보았다. 파도 물마루의 거품은 어둠 속에서 빛나는 흰 빛을 내다가 금세 사라졌고 바위에 부딪히는 바다의 단조로운 소리가 절벽을 따라 밤새도록 이어졌다. 우울한 산책자들은 한동안 그렇게 앉아 있었는데 투르느보 씨가 말했다. "재미없네요." 그러자 "정말 별로야." 하고 팡페스 씨가 대답했다. 그리고 그들은 천천히 발걸음을 옮겼다.

그들은 언덕 아래로 이어진 '수 르 부아'라고 불리는 길을 따라 걷다가 다시 라 르트뉘 위에 나무다리를 건너 돌아왔다. 철길 근처를 지나 시장 광장으로 다시 들어섰을 때, 갑자기 세금 징수원 팡페스 씨와 생선 염장업자인 투르느보 씨 사이에서 언쟁이 벌어졌다. 한 명이 근처에서 식용 버섯을 발견했다고 주장한 것이 발단이었다.

사람들은 지루해서 짜증이 났고 다른 사람들이 말리지 않았다면 아마 몸싸움으로 번졌을 것이다. 화가 난 팡페스 씨는 자리를 떴고 곧이어 전 촌장인 풀랭 씨와 보험 중개인 뒤퓌 씨 사이에서도 말다툼이 벌어졌다. 이번에는 세금 징수원의 급여와 그가 얻을 수 있는 이익에 관한 문제였다. 양쪽에서 모욕적인 말들이 쏟아지고 있던 찰나, 갑자기 엄청난 고함이 들렸다. 닫힌 문 앞에서 쓸데없이 진을 치고 있다가 지쳐버린 선원 무리가 광장으로 쏟아져 들어왔다. 그들은 두 사람씩 팔짱을 끼고 길게 행렬을 이루며 고래고래 소리를 질렀다. 부르주아 무리는 문 뒤로 몸을 숨겼고 고함을 지르던 무리는 수도원 쪽으로 사라졌다. 천둥소리 같은 함성이 멀어지면서 잦아들었고 다시 고요가 찾아왔다.

풀랭 씨와 뒤퓌 씨는 서로에게 몹시 화가 난 채, 인사도 없이 반대 방향으로 떠났다.

남은 네 사람은 다시 걸음을 옮겨 본능적으로 텔리에 집으로 내려갔다. 가게는 여전히 닫혀 있었고 조용했으며 오리무중이었다. 술에 취한 한 남자가 조용하지만 끈질기게 유리창을 톡톡 두드리다가 잠시 멈추고 작은 목소리로 종업원 프레데릭의 이름을 불렀다. 그래도 아무런 대답이 없자 그는 문 앞 계단에 앉아 일단 기다려보기로 했다.

부르주아들이 자리를 떠나려는데 선원 무리가 소란스럽게 거리 끝에서 나타났다. 프랑스 선원들은 〈라 마르세예즈〉*를, 영국 선원들을 〈룰 브리타니아〉**를 고래고래 불렀다. 이 난폭한 무리는 일제히 벽 쪽으로 몰렸다가 곧 부두 쪽으로 향했고 그곳에서 두 나라 선원들 사이에 싸움이 벌어졌다. 난투 끝에 영국 선원 한 명은 팔이 부러졌고 프랑스 선원 한 명은 코가 찢어졌다.

문 앞에 남아 있던 취객은 이제 주정뱅이나 떼쓰는 아이처럼 울고 있었다.

결국 부르주아들은 뿔뿔이 흩어졌다.

시끌벅적하던 도시에 조금씩 평온이 찾아왔다. 여기저기서, 때때로 사람들의 목소리가 들려왔다가 먼 곳에서 사라졌다.

여전히 홀로 배회하고 있는 이가 있었는데 바로 투르느보 씨였다. 다음 토요일까지 기다려야 한다는 사실에 낙담했다.

*   프랑스의 국가.
**   영국의 대표적인 애국적 노래.

어떤 우연이 일어나기를 기대했지만 영문을 알 수 없었다. 그리고 경찰이 감시하고 관리하는 공공시설이 이렇게 닫혀 있어도 되는지 못마땅해하며 분노했다.

그는 다시 가게로 돌아가 벽에 코를 대고 냄새를 맡으며 이유를 찾으려 했다. 그러다가 차양 위에 붙어 있는 안내문을 발견했다. 그는 재빨리 성냥개비로 불을 켜고 큰 글씨로 비뚤배뚤하게 적힌 문구를 읽었다. "첫영성체로 휴업합니다."

그러자 그는 이제 모든 것이 끝났다고 생각하며 자리를 떠났다.

그 취객은 이제 문 앞에 대자로 뻗어 잠들어 있었다.

그리고 다음 날 모든 단골손님은 하나둘씩 팔에 서류를 끼고 거리를 지나가는 척하며 체면을 차렸다. 그러고는 재빨리 신비로운 안내문을 읽었다. "첫영성체로 휴업합니다."

2

마담에게는 고향인 외르의 비르빌에서 목수로 일하면서 자리 잡은 오빠가 한 명 있었다. 마담이 이브토에서 여관을 운영하던 시절, 오빠 딸의 대모가 되어 세례를 받게 했고 아이 이름을 콩스탕스, 콩스탕스 리베로 지어주었다. 그녀 역시 아버지를 따라 리베라는 성을 가지고 있었다. 목수인 오빠는 누이의 형편이 좋다는 사실을 알고 있었기에 각자 일이 바쁘고 멀리 떨어져 살고 있어서 자주 만나지는 못했지만 서로를 잊지 않았다. 그러나 콩스탕스가 열두 살이 되고 바로 그해에 첫영성체를 하게 되자 오빠는 이번 기회로 관계를 다시 돈독히 할 생각이었다. 그래서 조카의 첫영성체에 꼭 참석해 주길 바란다고 누이에게 편지를 보냈다. 부모님은 이미 돌아가셨고 마담은 대모였기에 참석하기로 했다. 오빠 조제프는 마담에게는 자식이 없었기에 동생에게 마음을 쓰면 조카에게 유산을 남기는 유언장을 써줄지 모른다는 희망을 품고 있었다.

여동생의 직업에 대해서는 전혀 거리낌이 없었다. 게다가 고향 사람들은 아무것도 모르고 있기도 했다. 동생에 대해서라면 사람들은 그저 이렇게 말했다. "텔리에 부인은 페캉에서 부르주아야." 그 말은 그녀가 자기 소득으로 먹고사는 사람일 수 있다는 인상을 풍겼다. 페캉에서 비르빌까지는 적어도 20리외에 달했는데 시골 사람들에게 그 정도의 거리를 이동하는 것은 문명인이 대서양을 건너는 것보다 어려운 일이었다. 비르빌 사람들 중에 인근 루앙을 한 번도 넘어가 본 적 없는 이도 있었고 페캉 사람들 역시 평야 한가운데에 있는,

500가구 남짓의 작은 마을에 관심을 둘 이유가 없었다. 그래서 아무도 그 사실을 알지 못했다.

그런데 막상 첫영성체 시기가 다가오자 마담은 난처했다. 그녀가 없을 때 가게를 봐줄 사람이 없었고, 하루라도 가게를 비우는 것이 전혀 내키지 않았다. 위층 아가씨들과 아래층 아가씨들은 분명 경쟁심에 싸움을 일으킬 테고, 프레데릭은 술에 취해 있을 게 뻔했는데 술에 취하면 이유 없이 사람들을 때려눕히고는 했다. 결국 그녀는 결단을 내렸다. 이튿날까지 프레데릭에게는 휴가를 주기로 하고 그 외 모두를 데리고 가기로 한 것이다.

오빠에게 의사를 물었더니 반대하지 않았고, 일행 전부의 숙박도 책임지기로 했다. 그렇게 토요일 아침, 마담은 동료들과 함께 8시에 급행열차의 이등석에 앉아 길을 떠났다.

부즈빌까지 다른 승객들은 없었기에 그녀들은 까치처럼 재잘거리며 떠들었다. 그러다 그 역에서 한 쌍의 부부가 올라탔다. 남자는 나이 든 농부로, 파란 작업복을 입고 있었다. 목깃은 주름져 있었고 작은 자수가 놓인 소매는 넓었지만 손목 부분이 조여져 있었다. 온통 보풀이 일어난 오래된 실크해트를 쓰고 있었고 한 손에는 커다란 초록색 우산을, 다른 손에는 커다란 바구니를 들고 있었는데 겁에 질린 오리 세 마리의 머리가 밖으로 삐죽 튀어나와 있었다. 여자는 촌스러운 옷차림으로 뻣뻣하게 앉아 있었다. 코가 뾰족한 부리처럼 생겨서 얼굴은 닭과 비슷했다. 그녀는 남편 맞은편 자리에 앉아 이런 상류층 사람들과 함께 있다는 사실에 압도되어 꼼짝도 하지 않았다.

객차 안은 그야말로 눈부신 색채의 향연이었다. 마담은 머리부터 발끝까지 파란 비단으로 치장하고 프랑스산 가짜 캐시미어 숄을 걸치고 있었는데 눈이 멀 정도로 붉고 번쩍거렸다. 페르낭드는 스코틀랜드 체크무늬 드레스를 입고 있었는데 동료들이 상의를 힘껏 조인 탓에 그녀의 처진 가슴은 두 개의 돔처럼 솟아 있었고 마치 천 아래로 액체가 출렁이는 듯한 모습이었다.

라파엘은 새 둥지처럼 깃털이 달린 머리 장식을 하고 금빛으로 반짝이는 보라색 옷을 입고 있었다. 어딘가 동양적인 차림이 유대인 같은 그녀의 얼굴과 잘 어울렸다. 로자 라 로스는 넓은 주름 장식이 달린 분홍색 치마를 입고 있었는데 아주 뚱뚱한 아이 같기도, 비만인 난쟁이 같기도 했다. 그리고 두 펌프 자매는 왕정복고 시대의 낡은 꽃무늬 커튼으로 만든 것 같은 기이한 옷차림이었다.

이제 객실에 다른 사람들도 들어오자 그녀들은 곧장 엄숙한 태도를 보이며 좋은 인상을 주기 위해 고상한 이야기들을 하기 시작했다. 그런데 볼벡 역에서 금발 구레나룻의 한 신사가 탔다. 그는 여러 개 반지를 끼고 있었고 금목걸이를 하고 있었다. 방수천으로 싼 짐들을 머리 위 그물 선반에 올려놓았다. 그는 장난기가 많고 착한 아이 같은 인상을 풍겼다. 먼저 인사를 건네고 자연스럽게 웃으면서 물었다. "아가씨들, 지금 주둔지를 옮기는 중인 거요?" 이 말을 듣고 그녀들은 당황하고 난처했다. 마담이 마침내 평정을 되찾고 명예를 지키려는 듯이 냉정하게 대꾸했다. "예의라는 걸 갖추시는 게 좋겠네요!" 그러자 그는 사과했다. "아이고, 죄송합니다. 수도원을 말하려던 거예요." 마담은 딱히 반박할 말을 찾지 못한 것인지 그 정도 사과면 충분하다고 생각한 것인지 입술을 다문 채 품위 있게 인사했다.

그때 로자 라 로스와 늙은 농부 사이에 앉아 있던 신사는 커다란 바구니에서 머리만 내밀고 있는 오리 세 마리에게 윙크하기 시작했다. 주위 사람들이 관심을 보이고 있음을 느끼자 오리의 부리를 간질이면서 사람들을 웃게 하려고 우스운 말을 하기 시작했다. "우리는 작은 연못을 떠나왔어요! 꽥! 꽥! 꽥! 작은 꼬치를 만나려고요. 꽥! 꽥! 꽥!" 불쌍한 오리들은 그의 손길을 피하려고 목을 돌렸고 감옥 같은 나무 바구니에서 빠져나오려고 버둥거렸다. 그러다가 세 마리가 갑자기 비통한 울음소리를 내질렀다. "꽥! 꽥! 꽥! 꽥!" 그러자 여자들 사이에서 웃음이 터졌다. 그들은 몸을 앞으로 숙이고 서로를 밀치면서 오리를 보느라 정신이 없었다. 신사는 재치가 넘쳤고 장난기는 심해졌다.

로자가 끼어들더니 옆에 앉은 사람의 다리 위로 몸을 숙여 세 오리의 부리에 입을 맞췄다. 그러자 다른 여자들도 하나같이 오리에게 입을 맞추고 싶어 했다. 신사는 그녀들을 자기 무릎 위에 앉히고는 흔들기도 하고 꼬집기도 하면서 느닷없이 반말을 쓰기 시작했다.

두 농부는 자기네 오리보다 더 당황하며 악마에 들린 사람처럼 눈알을 굴렸다. 주름진 얼굴에는 웃음기도 미세한 떨림도 없었다.

외판원인 그는 꾸러미 하나를 집어 들고 열면서 멜빵을 선물하겠다고 장난스럽게 나섰다. 하지만 그것은 잔꾀였다. 꾸러미 안에는 가터가 들어 있었다.

파란색, 분홍색, 빨간색, 보라색, 연보라색, 선홍색 비단으로 만든 가터였는데 금빛의 금속 버클에는 서로 껴안은 두 큐피드 형상이 새겨져 있었다. 그녀들은 환호성을 터뜨리며 표본을 찬찬히 살펴보았다. 미용 도구를 손에 쥐면 모든 여성이 으레 그렇듯이 진지함이 감돌았다. 그녀들은 눈빛을 건네거나 속삭이며 의견을 주고받았다. 마담은 그중에서 폭이 넓고 위엄 있어 보이는 주황색 가터를 탐내며 어루만지고 있었다. 진정 여주인을 위한 가터였다.

신사는 속으로 어떤 꿍꿍이를 품고 기다렸다. "자자, 귀여운 아가씨들 한번 입어 봐." 그러자 탄성이 터져 나왔고 능욕이라도 당할까 봐 두려운 듯 치마를 두 다리 사이로 꼭 쥐었다. 남자는 느긋하게 기회를 기다렸다. "싫으시면 다시 정리해야지." 그러고는 교묘하게 말을 이었다. "입어보는 사람에게 한 켤레 선물로 드릴까 하는데." 그래도 그녀들은 자세를 고치며 품위 있게 거절했다. 그 와중에 두 펌프 자매가 너무 아쉬워하는 것을 보고 그는 다시 제안했다. 그중에서도 특히 그네 플로라는 가지고 싶은 마음에 괴로워하며 망설이는 것이 눈에 띄었다. 그는 그녀를 부추겼다. "우리 아가씨, 어서. 용기를 내봐. 라일락 색이 옷이랑 잘 어울릴 것 같은데." 결국 그녀는 마음을 정하고 치마를 들어 올리자 투박한 스타킹이 느슨하게 감싸고 있는, 소몰이꾼 같은 튼실한 다리가 드러났다. 그는 몸을 숙여 무릎 아래에 가터를 걸고 다음으로 무릎 위에도 걸었다. 그는 부드럽게 여자를 간질여서 갑자기 움찔거리고 작은 비명이 터지게 만들었다. 그는 라일락색 가터를 건네며 물었다. "다음은 누구 차례?" 그러자 모두가 함께 외쳤다. "저요! 저요!" 그는 로자 라 로스부터 시작했다. 그녀의 다리는 덩어리같이 둥글둥글하고 발목을 구분할 수 없어, 라파엘 말대로 정말 '소시지 다리' 같았다. 페르낭드는 그녀의 튼튼한 다리에 감탄한 외판원에게 칭찬을 받았다. 아름다운 유대인 여자의 가는 다리는 그다지 호응을 얻지 못했다. 꼬꼬 루이즈는 장난 삼아 신사 머리 위로 치마를 씌웠는데 마담이 끼어들어 부적절한 장난을 그만두게 했다. 마지막으로 마담이 자신의 다리를 내밀었는데 노르망디 출신 특유의 살집이 있으면서도 근육질의 멋진 다리였다. 외판원은 놀라움과 기쁨을 감추지 못하고 진짜 프랑스 기사인 양 모자를 벗고 멋진 종아리에 경의를 표했다.

두 농부는 멍하니 얼어붙은 채로 곁눈질하며 바라보고 있었는데 그 모습이 꼭 닭과 같았다. 그들 코앞에서 금발 구레나룻의 신사가 일어나면서 "꼬꼬댁!" 하고 울어댔다. 그러자 또다시 폭소가 터졌다.

노인 부부는 바구니와 오리들 그리고 우산을 챙겨서 모트빌에서 내렸다. 내리면서 여자가 남자에게 이렇게 말하는 소리가 들렸다. "창녀들이 빌어먹을 파리로 가는구먼."

장난기 많은 외판원도 루앙에서 내렸는데 무례함이 지나치자 마담은 단호하게 그를 제지해야 했다. 그녀는 교훈 삼아 이렇게 덧붙였다. "처음 보는 사람과 말을 섞지 말아야겠어."

우아셀에서 그들은 기차를 갈아탔고 다음 역에서 조제프 리베 씨와 만났다. 그는 흰말 한 마리가 끄는 큰 수레에 의자를 여러 개 놓고 기다리고 있었다.

목수는 모든 여자에게 정중하게 인사하고 마차에 오르는 것을 도와주었다. 세 사람은 마차 뒤쪽의 세 개의 의자에 앉았고 라파엘과 마담 그리고 그녀의 오빠는 앞쪽 세 자리에 앉았다. 로자는 앉을 자리가 없어서 어쩔 수 없이 덩치가 큰 페르낭드 무릎에 간신히 자리 잡았다. 그리고 마차는 출발했다. 출발하자마자 조랑말의 덜컹거리는 속보 때문에 마차가 심하게 흔들렸다. 의자들이 춤을 추기 시작했고 승객들도 덩달아 인형처럼 이리저리 튕겨 올랐다. 놀란 표정으로 겁에 질려 비명을 내질렀다. 더 강한 충격이 닥치면 비명마저 끊겼다. 그녀들은 마차의 옆면을 꼭 붙잡았다. 모자는 등 뒤나 코 위, 혹은 어깨 위로 떨어졌다. 흰 조랑말은 머리를 앞으로 쭉 내밀고 꼬리를 곧추세운 채 계속 달렸는데 꼬리에는 털이 없어서 쥐꼬리 같았고 이따금 꼬리로 제 엉덩이를 쳤다. 조제프 리베는 한쪽 발을 마차의 멍에 위에 뻗고 다른 쪽 다리는 접은 채, 팔꿈치를 높이 들어 고삐를 잡고 있었다. 그리고 목에서는 연신 껄껄

거리는 웃음소리가 새어 나왔는데 그 소리에 조랑말은 귀를 쫑긋 세우고 속도를 높였다.

길 양쪽으로 푸른 들판이 펼쳐졌다. 유채꽃이 곳곳에서 노란 물결을 이루었고 거기서 건강하고 강한 향기가 올라왔다. 바람에 실려 멀리까지 퍼지는 은은하고 진한 향기였다. 어느덧 훌쩍 자란 호밀밭 사이로 수레국화가 작고 푸른 꽃봉오리를 내밀고 있었는데 여자들은 꽃을 따고 싶어 했지만 리베 씨는 마차를 세우지 않았다. 때때로 양귀비꽃들이 온 들판을 가득 메워, 전체가 마치 피로 물든 듯한 모습이었다. 대지의 꽃들로 형형색색 물든 들판 한가운데서 마치 강렬한 색깔의 꽃다발을 싣고 가는 듯한 마차는 흰말의 속보에 맞춰 지나갔다. 마차는 농가의 큰 나무들 뒤로 사라졌다가 나뭇잎 사이로 다시 모습을 드러냈다. 붉은 양귀비와 푸른 수레국화가 흩어져 있는 노랗고 푸른 곡식밭을 가로지르며 빛나는 여성들을 싣고 태양 아래서 다시 한번 내달렸다.

1시를 알리는 종소리가 울릴 때쯤, 그들은 마침내 목수의 집에 도착했다.

그녀들은 지칠 대로 지쳐 있었고 출발 이후로 아무것도 먹지 않아 얼굴이 창백했다. 리베 부인은 황급히 달려 나와 한 사람씩 마차에서 내려주었고 발이 땅에 닿자마자 그들에게 차례로 입을 맞추었다. 특히 시누이에게는 애정이 넘치도록 입을 맞추며 놓아주지 않았다. 다음 날 저녁 만찬을 위해 치워 둔 작업장에서 식사했다.

맛있는 오믈렛에 이어 구운 소시지가 나오고 톡 쏘는 맛이 좋은 사과주를 곁들이자 모두 기분이 좋아졌다. 리베 씨는 건배하려고 잔을 들었고 그의 아내는 음식을 내오고 요리하고 접시를 치우느라 분주했다. 그러면서 손님들의 귓가에 속삭였다. "입에 맞으세요?" 벽에 세워둔 널빤지 더미들과 구석에 쓸어 놓은 톱밥에서 방금 대패질한 나무 냄새가 났고 목수 작업장 특유의 송진 냄새가 폐 깊숙이 스며드는 듯했다.

사람들은 아이를 찾았지만 성당에 가서 저녁에나 돌아올 예정이었다.

일행은 마을을 한 바퀴 둘러보러 밖으로 나섰다.

그곳은 큰길 하나가 지나가는 아주 작은 마을이었다. 하나뿐인 길을 따라 대략 열 채 정도의 집이 늘어서 있었고 그 안에 정육점, 식료품점, 목공소, 카페, 구두 수선, 빵집 등의 상인들이 살고 있었다. 길 끝에는 성당이 있었는데 작은 묘지로 둘러싸여 있었으며 정문 앞에 심어진 커다란 보리수나무 네 그루가 성당 전체에 그늘을 드리웠다. 성당은 규석으로 지어진 아무런 양식이 없는 건물이었고 지붕은 슬레이트로 올렸으며 종탑을 갖추고 있었다. 그 뒤로 들판이 다시 펼쳐졌고 작은 숲들이 듬성듬성 보였는데 그 안에 농가들이 숨어 있었다.

리베는 비록 작업복 차림이긴 했지만 예의상으로 누이의 팔짱을 끼고 위엄 있게 함께 걸었다. 그의 아내는 금실 자수가 놓인 라파엘의 드레스에 감동한 나머지 그녀와 페르낭드 사이에 끼었다. 통통한 로자는 꼬꼬 루이즈와 지쳐서 절뚝거리는 그네 플로라와 함께 종종걸음으로 뒤따랐다.

그들이 지나가자 동네 사람들은 문밖으로 나와 보았고 아이들은 하던 놀이를 멈췄다. 걷힌 커튼 사이로 인디언 모자를 쓴 머리가 살짝 보였다. 목발을 짚고 거의 눈먼 한 할머니가 마치 예배 행렬이 지나가는 듯 성호를 그었다. 모두가 조제프 리베의 어린 딸의 첫영성체를 축하하기 위해 멀리서 온 아름다운 도시 여인들을 오랫동안 눈여겨보았다. 그 덕에 목수 조제프의 위신은 한껏 높아졌다.

그녀들은 성당 앞을 지나면서 아이들의 노랫소리를 들었다. 높고 가느다란 목소리가 하늘을 향해 외치는 듯한 성가였다. 그러나 마담은 작은 천사들을 방해하지 않도록 아무도 들어가지 못하게 했다.

들판을 한 바퀴 돌아보고 조제프는 주요 토지와 그 생산량 그리고 가축 생산량까지 세세히 설명한 뒤 여인들의 무리를 이끌고 집으로 돌아왔다.

공간이 매우 협소했기 때문에 그들은 방마다 두 명씩 나뉘었다.

리베는 오늘만큼은 작업장에서 나무 톱밥 위에서 잠을 자기로 했고, 아내는 시누이와 침대를 같이 쓰기로 했다. 그 옆방에는 페르낭드와 라파엘이 함께 지내고 루이즈와 플로라는 부엌 바닥에 깔아놓은 매트리스에서 자기로 했다. 그리고 로자는 계단 위에 있는 작은 다락방을 혼자 차지했고 그 옆으로 좁은 다락방 입구에는 첫영성체를 치를 아이가 자게 되었다.

어린 소녀가 돌아오자 키스 세례가 쏟아졌다. 모든 여자가 아이를 쓰다듬고 싶어 했는데 기차 안에서 오리를 껴안고 쓰다듬었던 바로 그 다정함이 분출된 것이자 직업적 습관과도 같은 것이었다. 각자 자기 무릎에 아이를 앉히고는 가느다란 금발을 만지작거리고 아이를 끌어안으면서 열렬하고 자연스러운 애정을 쏟아부었다. 아이는 아주 얌전하고 경건함이 마음 깊이 스며든 듯했고 하느님의 용서를 받고 깊은 평안에 잠긴 듯 조용하고 차분하게 손길을 받아들였다.

모두에게 힘들었던 하루였기에 저녁 식사 후 곧바로 잠자리에 들었다. 들판의 끝없고 경건한 고요가 작은 마을을 감싸고 있었다. 그 고요는 마음 깊숙이 스며들었고 별에 닿을 만큼

광활했다. 여인들은 누구나 드나드는 술집의 소란스러운 저녁들과는 달리, 잠든 시골의 고요한 평화에 마음이 흔들렸다. 피부에 전율을 느꼈는데 그것은 추위 때문이 아니라 근심과 불안한 마음에서 비롯된 고독의 전율이었다.

그녀들이 둘씩 침대에 눕자마자 마치 대지의 고요와 깊은 잠이 밀려드는 것을 막기라도 하려는 듯이 서로를 꼭 껴안았다. 그러나 로자 라 로스는 어두운 작은 방에 혼자 있었고 허전한 옆자리가 익숙하지 않아 어딘가 모르게 불편하고 괴로웠다. 잠을 이루지 못하고 이리저리 뒤척이는데 머리맡 나무 벽 너머에서 어린아이가 우는 듯한 흐느낌을 들었다. 겁이 난 로자는 조용히 불렀고 중간중간 끊기는 작은 목소리가 대답했다. 그 목소리는 딸아이였다. 언제나 어머니 방에서 잠들던 소녀가 좁은 다락방에서 혼자 자는 것이 무서워 울고 있던 것이다.

로자는 기뻐하며 일어나 아무도 깨지 않도록 조심스럽게 아이를 데리러 갔다. 그녀는 아이를 따뜻한 침대로 데려와 가슴에 꼭 안으며 입맞춤하고 어루만졌다. 지나치리만큼 다정하게 아이를 감싸안았고 자신도 마음이 차분해져서 잠이 들었다. 날이 밝을 때까지 첫영성체를 받는 아이는 매춘부의 맨 가슴에 이마를 기대고 잠들었다.

5시가 되자, 안젤루스 종소리가 힘차게 울렸다. 평소라면 오전 내내 자며 잠자리에서 밤의 피로를 풀었을 여인들을 깨웠다. 마을 농부들은 이미 일어나 있었고 마을 여자들은 집마다 분주하게 움직이며 활발하게 이야기를 나누고 있었다. 그녀들은 딱딱하게 풀을 먹인 짧은 모슬린 드레스나 가운데에 금색 술 장식이 달린 커다란 양초 그리고 손 위치가 표시된 밀랍 조각들을 들고 다녔다. 태양은 이미 높이 떠서 온통 파란 하늘을 비추고 있었고 지평선 쪽에는 연한 분홍빛이 도는 여명의 흔적이 아직 남아 있었다. 닭 가족들이 집 앞을 어슬렁거리고 목에 윤기가 나는 검은 수탉이 곳곳에서 자줏빛 볏을 세우며 날개를 퍼덕거렸다. 금속성 울음소리를 내면 다른 수탉들도 따라 울었다.

이웃 마을에서 여러 마차가 도착했고 문 앞에서 키 큰 노르망디 여자들이 내렸다. 그들은 짙은 색 드레스를 입고 가슴 위로는 숄을 교차시켜 오래된 은 브로치로 고정하고 있었다. 남자들은 새 코트나 낡은 녹색 모직 외투 위에 파란색 작업복을 걸쳤는데 코트 양쪽 자락이 아래로 길게 드리워져 있었다.

말을 마구간에 넣자 큰길을 따라 양옆으로 온갖 마차들이 줄지어 늘어섰다. 4륜 마차, 짐마차, 2인승 마차, 2륜 마차, 6인승 마차 등 다양한 형태와 연식의 마차들이 모였는데 어떤 것은 코가 땅에 처박히고 어떤 것은 엉덩이가 바닥에 닿아 수레 막대가 하늘을 향해 들려 있었다.

목수의 집은 벌집처럼 분주했다. 여자들은 속치마 차림으로 머리를 길게 늘어뜨리고 있었다. 머리카락은 가늘고 짧아 오래 쓰다 바랜 듯했다. 그들은 아이를 옷 입히는 데 열중하고 있었다.

아이는 탁자 위에 서서 꼼짝도 하지 않았다. 그 사이 텔리에 마담은 날아다니고 있는 자신의 부대를 진두지휘했다. 아이를 씻긴 후 빗질해 단정히 묶고는 옷을 입혔다. 수많은 핀으로 고정해 드레스의 주름을 잡고 헐렁한 허리 부분을 조이면서 옷맵시를 우아하게 다듬었다. 모든 준비가 끝나자 인내심 있는 소녀를 앉히고 꼼짝하지 말라고 일러준 후에 소란스럽던 여자들도 이제 각자 치장하러 달려갔다.

작은 성당에서 다시 종소리가 울리기 시작했다. 가난한 성당의 가냘픈 종소리는 희미한 목소리처럼 하늘로 퍼져 올라가다가 금세 푸른 광활함 속에 묻혔다.

첫영성체를 받은 아이들이 밖으로 나가 마을 끝에 있는 두 개의 학교와 시청이 있는 공공건물로 향했다. 반대편 끝에는 '하느님의 집' 성당이 자리하고 있었다.

격식 있게 갖춰 입은 부모들은 어색한 표정과 노동으로 굽어버린 몸에서 배어 나오는 서툰 몸짓으로 아이들 뒤를 따랐다. 어린 여자아이들은 생크림처럼 보이는 하얀 레이스 구름 속에 파묻혀 있었다. 어린 남자아이들은 머리에 포마드를 발라 카페 종업원처럼 보였고 검은색 바지를 더럽히지 않으려고 두 다리를 벌리고 걸었다.

멀리서 온 많은 친척이 모여 아이를 둘러싸고 있는 것 자체가 가족에게는 큰 영광이었다. 그런 면에서 목수 집안의 승리는 완벽했다. 텔리에 부대가 여주인을 앞세우고 콩스탕스를 뒤따랐다. 아버지는 여동생과 팔짱을 끼고 어머니는 라파엘 옆에서, 페르낭드는 로자와 함께, 두 펌프 자매는 나란히 걸으며 무리 전체가 정복을 입은 참모진처럼 위풍당당하게 늘어섰다.

마을에서 그 효과는 강렬했다.

학교에서는 여자아이들이 베일을 쓴 수녀 앞에, 남자아이들은 잘생기고 위엄 있는 남자 교사 앞에 줄지어 섰고 모두가 찬송가를 부르며 행진했다.

선두에서 남자아이들은 두 줄로 대기하고 있는 마차 사이로 긴 행렬을 만들고 여자아이들도 같은 순서로 그 뒤를 따랐다. 그리고 마을 사람들 모두가 도시에서 온 여인들에게 예의를 갖추어 길을 내어주었기 때문에 부인들은 아이들 바로 뒤에 도착하여 두 줄로 열을 지었다. 그들은 양쪽으로 세 명씩 나란히 줄을 섰다. 그들의 눈부신 복장은 마치 불꽃놀이의 꽃다발처럼 화려하게 빛났다.

그녀들이 성당에 들어서자 사람들은 흥분하기 시작했다. 그들을 보려고 몰려들고 뒤돌아보고 밀치고 난리였다. 독실한 신자들마저도 거의 들릴 정도로 수군거렸는데 부인들의 화려한 차림이 성가대원들의 제의보다 더 요란했기 때문이다. 촌장이 오른쪽 제일 앞줄에서, 성가대 옆에 자신의 자리를 양보하자 텔리에 마담은 시누이, 페르낭드, 라파엘과 함께 그 자리에 앉았다. 로자 라 로스와 펌프 자매는 목수와 함께 두 번째 줄에 앉았다.

성가대는 무릎 꿇은 아이들로 가득 차 있었는데 한쪽에는 여자아이들이, 다른 쪽에는 남자아이들이 있었다. 아이들이 손에 들고 있는 기다란 초들은 사방으로 휘어진 창(槍)처럼 보였다.

설교대 앞에는 세 명의 남자가 서서 풍부한 목소리로 노래하고 있었다. 그들은 울려 퍼지는 라틴어 음절을 끝없이 늘이며 '아멘'을 '아-아' 소리로 무한히 이어갔다. 세르팡*이 단조롭고 끊임없이 이어지는 음으로 그 소리를 받쳐주었고, 그 울림은 입이 넓게 벌어진 금관악기의 구멍을 통해 멀리 퍼져나갔다. 날카로운 어린아이 목소리가 응답했다. 때때로 사제각모를 쓰고, 성직자석에 앉아 있던 한 신부가 일어나 무언가를 중얼거리고 다시 자리에 앉았고, 세 명의 성가대원은 다시 노래를 이어갔다. 그들의 눈은 앞에 펼쳐진 두꺼운 단선율 성가집에 고정되어 있었는데 그 책은 독수리가 날개를 펼친 모양의 받침대 위에 올려져 있었다.

곧 침묵이 흘렀다. 모든 참석자가 동시에 무릎을 꿇었다. 흰머리의 집전 신부는 나이가 많고 존경받는 인물로, 왼손에 들고 있는 성배에 몸을 숙였다. 그의 앞에는 붉은 예복을 입은 복사가 걷고 있었고 뒤이어 커다란 신발을 신은 수많은 성가대원이 나타나 양쪽으로 줄지어 섰다.

작은 종소리가 깊은 침묵 속에서 울렸다. 신성한 예식이 시작된 것이다. 신부는 황금빛 감실 앞을 천천히 오가며 무릎을 꿇고 노쇠해 떨리는 목소리로 준비 기도를 읊조렸다. 그가 말을 멈추자마자 성가대의 노래와 세르팡이 일제히 터져 나왔고 교회 안의 남자 신도들 또한 참석자라면 마땅히 그래야 한다는 듯이 더 약하고 겸손한 목소리로 노래를 불렀다.

〈주여, 자비를 베푸소서Kyrie Eleison〉가 하늘을 향해 갑자기

* 16세기부터 18세기까지 사용된 금관악기의 일종으로 저음 악기로 사용되었다. 뱀serpent처럼 생긴 형태가 특징이다.

터져 나왔고 모든 이의 가슴과 마음이 복받쳤다. 터져 나온 외침으로 인해 오래된 천장이 흔들리면서 먼지와 썩은 나무 조각들이 떨어졌다. 지붕의 슬레이트에 태양이 내리쬐면서 작은 성당 안을 용광로처럼 달구었다. 크나큰 감동과 불안한 기대, 형언할 수 없는 신비로의 접근이 아이들의 마음을 사로잡았고 어머니들은 목이 멨다.

잠시 앉아 있던 신부는 제단으로 다시 올라갔다. 은빛 머리카락을 그대로 드러낸 그는 떨리는 동작으로 초자연적인 의식을 막 시작하려는 참이었다.

그는 신도들을 향해 몸을 돌리고 두 손을 뻗으며 말했다. "기도하라, 형제들이여Orate, fratres." 모두가 기도했다. 늙은 신부는 이제 낮은 목소리로 신비롭고 숭고한 말씀을 중얼거렸다. 종이 연이어 울렸고 엎드린 신자들은 하느님을 불렀으며 아이들은 감당할 수 없는 불안으로 쓰러질 듯했다.

그때 로자는 두 손에 이마를 묻은 채 갑자기 어머니와 고향 마을의 성당 그리고 자신의 첫영성체를 떠올렸다. 마치 그날로 돌아간 듯이 어린 시절 흰 예복에 파묻혀 있던 자신을 떠올리면서 울기 시작했다. 처음에는 조용히 흐느꼈다. 그러다 눈꺼풀 사이로 눈물이 천천히 흘러나오더니 추억과 감정이 복받쳐 목이 메고 가슴이 요동쳐서 결국 울음을 터뜨렸다. 그녀는 손수건을 꺼내 눈물을 닦고 소리를 내지 않으려고 코와 입을 눌러보았지만 소용없었다. 거친 숨소리가 목에서 터져 나왔고 깊고 절절한 한숨이 두 번 이어졌다. 곁에 앉아 있던 루이즈와 플로라도 아득한 추억에 사로잡혀 폭포처럼 눈물을 흘리며 울고 있었다.

그러나 눈물은 전염되는 법이라 마담 역시 곧 눈가가 촉촉해지는 것을 느꼈고 옆에 앉은 시누이를 보니 같은 벤치에 앉은 이들 모두가 울고 있는 것이 보였다.

신부가 하느님의 육신을 성체로 빚어내는 동안 아이들은 더 이상 아무런 생각이 들지 않았고 종교적 두려움 같은 것에 사로잡힌 채 바닥에 엎드려 있었다. 성당 안 여기저기서, 어머니나 자매뻘 되는 어떤 여인이든 무릎을 꿇은 채 몸을 떨고 딸꾹질하는 이 아름다운 여인들을 보면서 비통한 감정에 묘한 동감을 느꼈다. 그녀들은 체크무늬 인디언 손수건으로 눈물을 훔치고 왼손으로는 터질 듯한 가슴을 부여잡았다.

잘 익은 밭에 불티 하나로 불이 번지듯 로자와 그 친구들의 눈물은 단숨에 군중 전체로 퍼졌다. 남자든, 여자든, 노인이든, 새 작업복을 입은 청년이든 모두가 곧 흐느꼈는데 마치 머리 위로 초인적인 무언가가 떠돌고 멀리 퍼져나가는 영혼, 보이지 않는 전능한 존재의 놀라운 숨결이 느껴지는 듯했다.

그때 성가대석 쪽에서 툭툭 하고 작은 소리가 났다. 수녀가 책을 두드려 영성체 시작을 알리는 신호를 보낸 것이다. 그러자 아이들은 신성한 열기에 떨며 성체를 모시러 다가갔다.

한 줄로 늘어선 사람들이 모두 무릎을 꿇고 있었다. 노신부는 금으로 도금된 은 성합을 손에 들고 그들 앞을 지나가며 두 손가락 사이로 성체, 즉 그리스도의 몸이자, 세상의 구속(救贖)을 내밀었다. 사람들은 입을 벌리며 작은 경련을 일으켰고 긴장으로 얼굴이 일그러졌다. 눈을 감은 그들의 얼굴은 새하얗게 질려 있었으며 턱 밑으로 펼쳐진 긴 천은 마치 흐르는 물처럼 떨리고 있었다.

갑자기 성당 안에 광기 같은 것이 퍼져나갔다. 열광적인 군중의 웅성거림, 숨죽인 비명과 함께 흐느낌이 몰아쳤다. 그것은 숲마저 휘청이게 만드는 돌풍처럼 재빨리 지나갔다. 신부는 그 자리에 꼼짝도 하지 않고 손에 성체를 든 채 감정에 압도되어 이렇게 말했다. "하느님이십니다. 하느님께서 우리 가운데 계십니다. 그분이 당신의 현존을 드러내고 계신 겁니다. 제 목소리에 이끌려 무릎을 꿇은 백성 위에 강림하셨습니다." 감정에 휩싸인 신부는 미처 말을 찾지 못했고 더듬거리며 필사적으로 기도했다. 혼신의 기운을 담아 하늘로 치닫는 영혼의 기도였다.

그는 신앙의 격렬한 고양 속에서 성체를 다 나누어주느라 다리에 힘이 풀려 휘청거렸다. 그 자신도 주님의 피를 마셨을 때 간절한 감사 기도 속에 빠져들었다.

그 뒤에서 사람들은 조금씩 진정되고 있었다. 흰 제의를 입은 성가대원들은 위엄을 되찾고 다시 노래를 시작했지만 그들의 목소리는 아직 눈물에 젖어 있어서 떨렸고 세르팡도 마치 눈물에 젖은 듯 쉰 소리를 냈다.

그때 신부는 두 손을 들어 조용히 하라는 손짓을 했고 영성체를 받고 황홀경에 빠진 자들 사이를 지나 성가대석 앞 난간까지 나아갔다.

신자들은 의자 끄는 소리를 내며 자리에 앉았고 모두가 힘주어 코를 풀었다. 신부가 모습을 드러내자 곧 조용해졌다. 그는 아주 낮고 망설이는 듯하면서도 약간 잠긴 목소리로 말을 시작했다. "사랑하는 형제자매 여러분, 나의 자녀들, 진심으로 감사드립니다. 여러분은 제 생애에서 가장 큰 기쁨을 안겨주셨습니다. 저는 하느님께서 저의 부름에 응답하셔서 우리 가운데 강림하신 것을 느꼈습니다. 그분이 오셔서 여기 계셨으며 여러분의 영혼을 가득 채우시고 눈에서 눈물이 흐르게 하셨습니다. 저는 교구에서 가장 나이가 많은 신부지만 오늘만큼은 가장 행복한 신부입니다. 우리 가운데 기적이 일어났으니 말입니다. 참되고 위대하며 숭고한 기적이었습니다. 예수 그리스도께서 이 아이들의 몸속으로 처음 들어오시는 순간, 하늘의 새이자 신의 숨결인 성령이 여러분 위에서 내려와, 바람에 흔들리는 갈대처럼 여러분을 휘감았습니다."

그런 다음, 더욱 또렷한 목소리로, 목수의 초대 손님들이 앉아 있는 두 줄을 향해 몸을 돌리며 말했다. "무엇보다 멀리서 와주신 자매 여러분께 진심으로 감사드립니다. 여러분이 이 자리에 함께해주시고, 눈에 보일 만큼 깊은 신앙과 생생한 경건함을 보여주신 덕분에 우리 모두에게 본보기가 되었습니다. 여러분은 제 본당의 귀감입니다. 여러분의 감정이 사람들의 마음을 뜨겁게 해주셨습니다. 여러분이 아니었다면 오늘처럼 중요한 날이 이토록 신성한 빛을 띠지는 못했을 것입니다. 때로는 주님께서 양 떼 위에 강림하시는 이유가 선한 양, 한 마리만으로도 충분하니까요."

그의 목소리는 점점 잦아들었다. 그리고 덧붙였다. "그것이 제가 여러분께 바라는 은총입니다." 그는 제단으로 올라가 예식을 마무리했다.

이제 사람들은 서둘러 떠나야 했다. 아이들조차도 오랜 시간 긴장한 탓에 지쳐서 안절부절못했다. 게다가 배도 고팠고 부모들은 끝까지 복음을 듣지 않고 식사를 준비하러 천천히 자리를 뜨기 시작했다.

출구 앞은 혼잡했고 소란스러웠다. 그 속에 노르망디 사투리가 섞여 있었다. 사람들은 양쪽에 줄지어 서 있었고 아이들이 나타나자 각 가족은 자기 아이를 찾아 달려들었다.

콩스탕스는 집안의 모든 여자에게 둘러싸여 포옹을 받았다. 특히 로자는 아이를 껴안고 놓아주지 않았다. 결국 그녀가 콩스탕스의 한 손을 잡았고 텔리에 부인은 다른 손을 붙잡았다. 라파엘과 페르낭드는 아이의 긴 모슬린 치마가 땅에 끌리지 않도록 들어 올렸다. 루이즈와 플로라는 리베 부인과 함께 뒤를 따랐고 아이는 자신 안에 품은 신성함에 마음이 빼앗겨 고요하게 영광스러운 호위대 사이에서 길을 나섰다.

잔치 음식은 작업장에서 나무로 받쳐 놓은 긴 판자 위에 차려져 있었다.

길 쪽으로 열린 문을 통해 마을의 모든 기쁨이 들어왔다. 어디서나 사람들이 맛있는 음식을 즐기고 있었다. 창문마다 외출복을 입은 사람들이 둘러앉아 있는 식탁이 보였고 잔치 분위기 속에서 떠들썩한 소리가 흘러나왔다. 농부들은 소매를 걷어붙인 채 잔에 가득 담은 맑은 사과주를 들이켰다. 무리 가운데에는 두 명의 아이가 보였는데 어느 집에서는 여자아이 둘이 또 다른 집에서는 남자아이 둘이 있었고 모두 집안에 모여 식사하고 있었다.

때로는 한낮의 무거운 더위 아래서 늙은 조랑말이 속보로 달리는 마차 한 대가 마을을 가로질렀고 작업복을 입은 마부는 진수성찬이 차려진 광경을 부러운 눈빛으로 바라보았다.

목수의 집에서는 오전의 감동이 아직 남아 있어 기쁨 속에서도 다소 조심스러운 분위기가 감돌았다. 리베 씨만이 들떠서 과하게 술을 마시고 있었다. 텔리에 부인은 수시로 시간을 확인했다. 이틀 연속으로 가게를 쉬지 않으려면 오후 3시 55분 기차를 타고 저녁쯤에는 페캉에 도착해야 했기 때문이다.

목수는 하룻밤 더 머물게 하려고 애를 썼지만 마담은 흔들리지 않았다. 일에 관련된 문제라면 절대 장난하지 않는 사람이었다.

커피를 마시자마자 그녀는 동료들에게 얼른 갈 채비를 하라고 지시했다. 그런 다음 오빠를 향해 돌아서 말했다. "오빠는 지금 당장 마차를 메 둬." 그러고는 자신도 마지막 준비를 마치러 위층으로 올라갔다.

다시 아래층으로 내려왔을 때 시누이가 아이에 관해 이야기하려고 그녀를 기다리고 있었다. 긴 대화가 오갔지만 아무런 결론도 나지 않았다. 리베 부인은 거짓으로 감동한 척하며 떠보았지만 텔리에 부인은 아이를 무릎에 앉힌 채 아무런 확답도 하지 않고 막연하게 아이를 돌볼 것이며 앞으로도 시간이 많으니 또 만나게 될 거라고만 했다.

그런데 마차는 아직 오지 않았고 여자들도 내려오지 않았다. 심지어 위층에서는 웃음소리와 밀치고 떠드는 소리, 박수 소리까지 들려왔다. 목수의 아내가 마차가 준비됐는지 보러 마구간으로 간 사이, 마담은 마침내 위층으로 올라갔다.

리베는 술에 잔뜩 취해서 옷도 반쯤 벗은 채, 웃음에 휘청이는 로자에 달려들려 했지만 헛수고였다. 펌프 자매는 그의 팔을 붙잡아 진정시키려고 했다. 아침 의식이 끝난 뒤에 이런 광경이 벌어진다는 것에 충격을 받았다. 그러나 라파엘과 페르낭드는 배를 잡고 웃었고 그를 부추겼다. 그녀들은 술에 취한 남자가 힘이 빠져 버둥거릴 때마다 날카로운 비명을 질러댔다. 얼굴이 벌겋게 상기된 남자는 옷이 흘러내린 채, 두 여자가 붙잡고 있는 팔을 흔들어 떨쳐내고 로자의 치마를 힘껏 잡아당기면서 중얼거렸다. "이년이, 싫다는 거야?" 이런 광경을 보고 화가 난 마담은 오빠에게 달려들어 어깨를 움켜쥐고 벽에 부딪힐 정도로 거칠게 밀었다.

1분 후, 마당에서 머리에 물을 끼얹는 소리가 들렸다. 그리고 그가 마차에 다시 올라 출발할 때쯤에는 완전히 진정된 상태였다.

어제처럼 다시 길을 나섰고 작은 흰말은 활기차고 경쾌한 걸음걸이로 달리기 시작했다.

뙤약볕 아래에서 식사 동안 누그러졌던 기쁨이 다시 번져 나왔다. 여인들은 마차의 요동에 신나서 웃음을 터뜨렸고 옆 의자를 밀기도 하며 리베의 쓸데없는 장난에도 연신 깔깔댔다.

들판은 광란의 빛으로 가득했고 눈이 부시게 반짝였다. 바퀴는 두 줄의 고랑을 만들면서 큰길 뒤편으로 한참 동안 먼지를 일으켰다.

갑자기 음악을 좋아하는 페르낭드가 로자에게 노래를 불러 달라고 졸랐다. 그러자 로자는 거침없이 〈뫼동의 뚱뚱한 신부 Le Gros Cure de Meudon〉를 부르기 시작했다. 하지만 마담이 즉시 노래를 그만두게 했는데 이런 날에는 어울리지 않는 노래라고 생각했기 때문이다. 그녀는 덧붙여 말했다. "차라리 베랑제 Béranger*의 노래를 불러 줘." 그러자 로자는 잠시 머뭇거리다가 마음을 정하고 거친 목소리로 〈나의 할머니Ma grand-mère〉를 부르기 시작했다.

---

* 피에르 장 드 베랑제Pierre Jean de Béranger는 19세기에 활동한 프랑스의 시인이자 작사가다.

우리 할머니는 축일 저녁에

와인을 조금 마시고는

머리를 흔들며 이렇게 말씀하셨네

나도 한때 사랑을 했었단다

그때가 그립구나

탱탱한 내 팔

매끈한 내 다리

그리고 지나간 시간이!

그리고 마담 자신이 지휘하는 여자 합창단이 이어서 불렀다.

그때가 그립구나

탱탱한 내 팔

매끈한 내 다리

그리고 지나간 시간들이!

"그래, 이거 끝내주네!" 하고 리베가 박자를 타며 말했다. 그러자 로자가 곧바로 노래를 이어 불렀다.

뭐라고요, 엄마? 얌전하지 않았나요?
아니, 전혀! 나만의 매력을
열다섯에 혼자서 써먹기 시작했지!
밤잠을 이루지 못했으니

모두 함께 후렴구를 소리 높여 불렀다. 리베는 마차의 발판을 발로 두드리며 박자를 맞췄다. 흰 조랑말의 등을 고삐로 두드리며 박자를 탔다. 그러자 마치 말도 흥에 겨운 듯, 전속력으로 달리기 시작했다. 그 바람에 여인들은 마차 뒤편으로 쏠리면서 한데 엉켜버렸다.

그녀들은 미친 사람처럼 웃으며 몸을 일으켰다. 그리고 노래는 계속되었다. 타오르는 하늘 아래, 익어가는 곡식밭 사이로 전속력으로 달리는 조랑말의 속보에 맞춰 들판을 가로지르며 목청껏 노래를 불렀다. 후렴구가 반복될 때마다 조랑말은 더욱 흥분해 질주했고 그럴 때마다 100미터를 최고속도로 내달려 여행자들에게 즐거움을 주었다.

여기저기서 돌 깨는 인부들이 허리를 펴더니 철사로 만든 안경 너머로 마차가 먼지를 일으키며 거칠고 요란하게 달려가는 모습을 바라보았다.

기차역에 도착했을 때 목수는 아쉬운 듯이 말했다. "아쉽네요. 신나게 웃을 수 있었을 텐데."

마담이 점잖게 대답했다. "모든 일에는 때가 있는 법이에요. 언제까지고 놀 수는 없잖아요." 그러자 리베의 머릿속에 한 가지 생각이 떠올랐다. "그렇지. 다음 달에 페캉으로 여러분을 만나러 갈게요." 그러고는 눈을 번뜩이며 음흉하고 장난기 어린 눈빛으로 로자를 바라보았다. "자자, 점잖게 굴어요. 오고 싶으면 와도 좋은데 바보 같은 짓은 하지 마세요."

그는 대답하지 않았고 기적 소리가 들리자 곧장 모두에게 입맞춤하기 시작했다. 로자의 차례가 되었을 때 그는 그녀의 입술을 집요하게 찾았지만 로자는 입을 꾹 다문 채 웃으며 재빨리 머리를 돌려 따돌렸다. 그녀를 품에 안고 있었지만 손에 들고 있던 긴 채찍 때문에 어찌할 수 없었다. 채찍은 허둥대며 여자의 등 뒤에서 절망적으로 흔들렸다.

"루앙행 승객들, 승차하십시오!" 역무원이 외쳤다. 그녀들은 기차에 올랐다.

경적이 가느다랗게 울렸고 곧이어 기관차의 우렁찬 기적이 뒤따랐다. 기관차는 요란하게 첫 증기를 내뿜으며 바퀴를 힘겹게 돌리기 시작했다.

리베는 역에서 빠져나와 울타리 쪽으로 달려가 마지막으로 한번 더 로자를 보려고 했다. 승객으로 꽉 찬 객차가 그의 앞을 지나갈 때 그는 채찍을 휘두르고 튀어 오르면서 목청껏 노래를 불렀다.

그때가 그립구나
탱탱한 내 팔
매끈한 내 다리
그리고 지나간 시간이!

3

그녀들은 도착할 때까지 곤히 잠을 잤다. 성의를 다했다는 만족감에 평온히 잠들었다. 그리고 집에 돌아왔을 때 매일 밤 하던 일과를 위해 기운을 차렸고 충분히 쉬었던 마담은 참지 못하고 말했다. "어차피 괜찮아, 나는 집에 있는 게 지루했거든."

그들은 저녁 식사를 서둘러 먹었다. 그리고 전투복으로 갈아입은 뒤, 단골손님들을 기다렸다. 성모 앞에 켜는 듯한 작은 등불이 밝혀졌다. 지나가는 사람들에게 양우리에 양 떼가 돌아왔음을 알리고 있었다.

눈 깜짝할 사이에 소문이 퍼졌다. 누가, 어떻게 퍼뜨렸는지는 아무도 몰랐다. 은행가의 아들인 필립 씨가 친절을 베풀어 가족에게 갇혀 있던 투르느보 씨에게 심부름꾼을 보내 소식을 전했다.

투르느보 씨는 그날 마침 여느 일요일처럼 사촌들과 저녁 식사를 하고 있었고 모두가 커피를 마시고 있을 때 한 남자가 편지를 들고 찾아왔다. 투르느보 씨는 몹시 흥분하여 봉투를 뜯었고 곧 얼굴이 창백해졌다. 연필로 쓴 편지에는 몇 자 적혀 있지 않았다.

"대구 생선 화물 적재. 배 항구에 도착. 당신에게 유익한 거래. 서두르시오."

그는 주머니를 뒤져 심부름꾼에게 20상팀을 건넸고 갑자기 귀까지 빨개지며 말했다. "나 좀 나가봐야겠어." 그러고는 아내에게 그 짤막하고도 수수께끼 같은 쪽지를 내밀었다. 종을 울렸고 하녀가 나타나자 말했다. "빨리 내 외투, 빨리. 모자도." 거리로 나서자마자 그는 휘파람을 불며 달리기 시작했다. 너무도 조바심이 난 탓에 가는 길이 평소보다 두 배는 더 길게 느껴졌다.

텔리에 집은 축제 분위기였다. 1층은 뱃사람들이 떠드는 소리로 귀가 먹먹할 정도였다. 루이즈와 플로라는 누구에게 대답해야 할지 모를 정도였고 이 사람과 한 잔, 저 사람과도 한 잔을 마셨다. '두 펌프'라는 별명이 어느 때보다 잘 어울렸다. 여기저기서 그들을 부르는 소리가 이어져서 손이 모자랄 지경이었다. 그날 밤은 두 사람에게 긴 밤이 될 듯했다.

2층의 단골손님들은 아홉 시 정각에 모두 모여 있었다. 상업 법원 판사인 바스 씨는 마담의 공식적인 애인이었지만 어디까지나 정신적인 관계였다. 둘은 구석에 앉아 낮은 목소리로 이야기를 나누고 있었는데 어떤 밀약이라도 맺은 듯이 미소를 주고받았다. 전 촌장인 풀랭 씨는 로자를 자기 무릎에 앉혀서 말을 태우고 있었고 그녀는 그와 얼굴을 맞댄 채 짧은 손으로 그의 하얀 구레나룻을 만지고 있었다. 노란 실크 치마가 들춰져 맨 허벅지 한쪽이 드러난 채 그의 검은 바지 위로 비스듬히 포개져 있었다. 빨간 스타킹은 외판원이 선물한 파란색 가터에 고정되어 있었다.

키가 큰 페르낭드는 소파에 드러누운 채로 발을 세금 징수원인 팡페스 씨의 배 위에 올려놓고 상반신은 젊은 필럽 씨의 조끼 위에 기대고 있었다. 그녀는 오른손으로 그의 목을 감고 왼손에는 담배를 들고 있었다.

라파엘은 보험 중개인 뒤퓌 씨와 무언가를 협상하는 듯 보였는데 대화를 이렇게 마무리 지었다. "자기야, 그래요. 오늘 밤은 나도 좋아." 그러고는 혼자 왈츠를 추며 살롱을 빠르게 한 바퀴 돌고 외쳤다. "오늘 밤은 무엇이든 원하는 대로!"

문이 갑자기 벌컥 열리더니 투르느보 씨가 나타났다. 안에서 환호성이 터져 나왔다. "투르느보 만세!" 그리고 여전히 빙글빙글 돌고 있던 라파엘은 그의 가슴에 안겼다. 그는 그녀를 힘껏 끌어안더니 한마디 말도 없이 깃털처럼 가볍게 그녀를 번쩍 들어 올려 살롱을 가로질러 안쪽 문으로 향했고 방으로 이어지는 계단으로 사라졌다. 그 모습을 보고 박수갈채가 터졌다.

로자는 전 촌장을 유혹했다. 연달아 입을 맞추고 양쪽 구레나룻을 동시에 잡아당기며 머리를 바로 세우면서 투르느보 씨의 모습을 본보기 삼아 말했다. "자, 저 사람처럼 해 봐." 그러자 노인은 일어나 조끼를 고쳐 입고 주머니에서 잠자고 있던 돈을 뒤적이며 그녀를 따라갔다.

페르낭드와 마담은 여전히 네 남자와 함께 있었다. 필립 씨가 외쳤다. "내가 샴페인을 살게요. 텔리에 부인, 샴페인 세 병 부탁해요." 그러자 페르낭드가 그를 껴안으며 귓가에 속삭였다. "우리 춤춰요." 그가 일어나서 구석에 조용히 놓여 있던, 낡고 작은 피아노 앞에 앉아 왈츠를 연주하자 안에서 기계 속에서 신음하는 듯한 소리가 새어 나왔다. 페르낭드는 세금 징수원을 껴안고 마담은 바스 씨의 품에 몸을 맡겼다. 두 커플은 입맞춤을 나누며 빙글빙글 돌았다. 한때 사교계에 몸담았던 바스 씨는 우아하게 춤을 췄고 마담은 그를 반한 듯한 눈빛으로 바라보았다. 그 눈빛은 '네'라는 말보다 더 은밀하고 달콤한 동의였다.

프레데릭이 샴페인을 가져왔다. 첫 번째 샴페인의 코르크가 터졌고 필립 씨는 네 명의 무도회 초대에 응했다.

네 사람은 예의 바르게 고개를 숙이면서 점잖고 품위 있게 사교계 방식으로 함께 춤을 추었다.

그러고는 모두 술을 마시기 시작했다. 그때 투르느보 씨가 다시 나타났다. 만족스럽고 행복하며 환희가 묻어 있었다. 그가 외쳤다. "라파엘이 왜 그러는지는 모르겠지만 오늘 밤은 정말 완벽하군." 그리고 누군가가 그에게 잔을 내밀자 단숨에 비우고는 속삭이듯 말했다. "이 정도면 정말 호사구먼!"

필립 씨가 즉석에서 경쾌한 폴카를 시작하자 투르느보 씨는 아름다운 유대인 여자에게 달려들어 발이 땅에 닿지 않도록 들어 올렸다. 팡페스 씨와 바스 씨는 다시 기운을 내서 춤을 추기 시작했다. 가끔 커플 한 쌍이 벽난로 근처에 멈춰 서서 샴페인을 한 잔 들이켰다. 춤이 끝없이 계속될 듯한 분위기 속에서 마침 로자가 촛대를 들고 문을 살짝 열고 들어왔다. 그녀는 머리를 풀어 헤치고 실내화를 신고 셔츠 차림이었는데 온몸에 활기가 돌고 얼굴은 붉었다. "나도 춤추고 싶어." 그녀가 외치자 라파엘이 물었다. "네 노인네는?" 로자가 깔깔 웃으며 대답했다. "노인네? 바로 자더라고." 그녀는 소파에 한가롭게 앉아 있던 뒤퓌 씨를 붙잡았고 폴카가 다시 시작되었다.

병들은 이미 비어 있었다. "내가 한 병 살게." 하고 투르느보 씨가 말했다. "나도." 바스 씨가 선언하듯 말했다. "나도 사지." 뒤퓌 씨가 덧붙였다. 그러자 모두 박수 쳤다.

점점 분위기가 무르익으면서 진짜 무도회가 되어 갔다. 때로는 루이즈와 플로라가 재빨리 위층으로 올라와 짧게 왈츠를 한 바퀴 돌았고 그러는 사이에 아래층 손님들은 초조하게 기다렸다. 그녀들은 아쉬운 마음을 안고 급히 카페로 돌아갔다.

자정이 되어도 춤은 계속되었다. 가끔 한 여인이 사라졌고 그녀와 춤을 추려고 했을 때 한 남자도 보이지 않았다.

"어디 갔다 왔어요?" 필립 씨가 짓궂은 듯이 물었다. 마침 팡페스 씨가 페르낭드와 함께 들어왔다. "풀랭 씨가 자는 걸 보고 오는 길입니다."라고 세금 징수원이 대답했다. 그 말에 모두 폭소를 터뜨렸고 사람들은 차례로 풀랭 씨가 자는 모습을 보러 올라갔다. 각자 여인 한 명과 함께였는데 그 밤 그 여인들은 믿기 어려울 만큼 다정하고 호의적이었다. 마담은 무엇이든 눈감아 주었고 바스 씨와는 은밀한 대화를 나누며 어떤 합의가 이미 마무리된 듯한 분위기였다.

마침내 1시가 되자, 기혼자인 투르느보 씨와 팡페스 씨는 이제 돌아가겠다고 선언하며 계산하려고 했다. 샴페인 값만 받았는데 그것도 보통 한 병에 10프랑인 것을 6프랑만 받았다. 그들이 마담의 너그러운 대우에 놀라자, 그녀는 환한 얼굴로 이렇게 말했다.

"매일이 축제는 아니잖아요."

미친 여자

La Folle

미친 여자

La Folle

로베르 드 보니에르에게

여보게, 하고 마티외 당돌랭 씨가 말했다. 나는 멧도요들을 보면 전쟁 중에 있었던 음울한 기억 하나가 떠오른다네.

내가 코르메이 교외에 소유지가 있다는 건 알 걸세. 그곳에 살고 있을 때 프로이센 군인들이 들이닥쳤지.

그때 내 이웃에는 미친 여자가 살고 있었어. 불행이 연속으로 터지면서 정신을 놓아버린 불쌍한 사람이었지. 스물다섯 살쯤에 한 달 만에 아버지와 남편 그리고 갓난아기를 잃고 말았다더군.

죽음이 한 번 집 안으로 발을 들이면, 그 문을 기억이라도 하는 듯 대게는 곧장 그 집을 다시 찾아오는 법이지.

그 불쌍한 여자는 슬픔에 휘청이다 몸져눕고 말았고, 무려 6주 동안 정신착란을 일으켰다네. 격렬한 발작이 끝나고 차분한 무기력이 이어졌어. 움직이지 않고 먹지도 않고 눈동자만 천천히 움직일 뿐이었지. 여자를 침대에서 일으키려고 해봤지만, 그럴 때면 누가 자기를 죽이기라도 한다는 듯 비명을 질러대더군. 그래서 사람들은 그녀를 누운 채로 두었고 씻기거나 침구를 뒤집어야 할 때만 잠시 침대에서 들어 올렸다네.

늙은 하녀 하나가 곁을 지키며 가끔 물을 마시게 하거나 식힌 고기를 먹였어. 절망에 빠진 그 영혼 속에서 무슨 일이 일어나고 있었을까? 아무도 알지 못했네. 그 여자는 한마디 말도 하지 않았기 때문이야. 죽은 가족들을 떠올리고 있었을까? 뚜렷한 기억 없이 슬프게 멍하니 있던 것일까? 아니면 생각이 무너져버려서 고인 물처럼 정지해 있던 것일까?

그 여자는 15년 동안 그렇게 세상과 단절한 채, 무기력하게 살아갔다네.

그러다 전쟁이 터졌어. 12월 초에 프로이센군들이 코르메이로 진입했지.

마치 어제 일처럼 기억이 또렷해. 돌조차 쪼개질 듯한 매서운 추위였어. 나는 통풍 때문에 꼼짝도 못 하고 안락의자에 누워 있었어. 그런데 그때 박자를 맞추며 땅을 두드리는 발걸음 소리가 들렸어. 창밖을 보니 군인들이 행진하고 있더군.

끝없이 대열이 이어지는데 모두 똑같은 모습에, 특유의 꼭두각시 같은 걸음으로 행진하고 있었네. 잠시 뒤 지휘관들이 병사들을 각 가정에 배치했어. 나한테는 열일곱 명이 배정되었지. 그리고 이웃, 그 미친 여자 집에는 열두 명이 들어갔는데 그중 한 명은 지휘관이었어. 군인답게 건장하고 거칠며 퉁명스러운 사람이었네.

처음 며칠 동안은 모든 것이 전과 다를 바가 없었어. 옆집 지휘관은 그 여자에게 병이 있다는 이야기를 들었지만 별로 신경 쓰지 않더군. 그런데 얼마 안 가, 모습을 드러내지 않는 그 여자가 신경에 거슬리기 시작했던 모양이야. 그는 병세가 무엇인지 캐물었고 사람들은 주인 여자가 15년 전에 지독한 슬픔을 겪고 지금껏 누워 있다고 대답했지. 그는 그 말을 전혀 믿지 않더군. 오히려 그 불쌍한 미친 여자가 프로이센군을 보지 않고 말도 섞지 않으려고 그리고 가까이하기 싫어서 그렇게 버티고 있다고 지레짐작했어.

지휘관은 그녀와 대면하길 원했고 사람들은 그를 방 안으로 들여보냈어. 그러고는 불쑥 이렇게 말했지.

"부인, 부디 일어나 내려오시오. 그래야 우리가 당신을 볼 수 있을 테니까."

여자는 그에게 흐릿한 눈길만 돌렸을 뿐, 한마디도 하지 않았네.

그가 다시 말했어.

"나는 이런 무례함은 못 참아요. 제 발로 일어나지 않는다면 어떻게든 억지로라도 끌어낼 것이오."

하지만 여인은 꼼짝도 하지 않았어. 그를 보지 못한 듯 가만히 누워 있었지.

지휘관은 여자의 침묵을 극도의 경멸로 받아들이면서 노발대발했어. 그리고 이렇게 덧붙였지.

"만약 내일도 일어나지 않으면…"

그러고는 방을 나가버렸어.

다음 날, 늙은 하녀는 겁에 질려 주인에게 옷을 입히려고 했어. 그런데 미친 여자는 몸부림치면서 소리를 질러댔지. 지휘관은 급히 올라왔고 하녀는 그에게 무릎을 꿇은 채 울부짖었어.

"지휘관님 마님은 옷을 입으려 하지 않으셔요. 원하지 않아요. 용서해주세요. 마님은 너무도 불행한 분이에요."

지휘관은 난처해하며 서 있었어. 화가 치밀었지만 병사들에게 여자를 침대에서 끌어내라고 명령할 엄두도 내지 못했지. 그러다 갑자기 웃음을 터뜨리고는 독일 말로 명령을 내리더군.

곧 한 파견대가 나오는 것이 보였는데 부상자를 실은 들것처럼 매트리스를 들고나오지 뭔가. 온전히 옮겨온 침대 위에 그 미친 여자는 여전히 침묵한 채 누워 있었는데 침대에 그냥 두기만 하면 무슨 일이 벌어지든 상관하지 않는 것처럼 무관심하더군. 뒤쪽에서 한 남자가 여자 옷이 든 보따리를 들고 있었어.

지휘관이 손을 비비며 말했네.

"혼자 옷을 입지 못하고 걸을 수도 없다면 우리가 도와드려야죠."

그런 다음 행렬은 이모빌 숲 쪽으로 사라졌지.

두 시간쯤 지나서 병사들만 돌아왔어.

그러고는 그 미친 여자는 다시는 볼 수 없었다네. 그 여자를 어떻게 한 걸까? 어디로 데려간 걸까! 아무도 알 수 없었지.

눈이 밤낮으로 쏟아져 내렸고 얼어붙은 이끼가 들판과 숲을 덮어버렸네. 이리들은 문 앞까지 몰려와 울어댔어.

사라진 그 여자 생각이 떠나질 않더군. 그래서 프로이센 당국에 여러 차례 찾아가 수소문했다네. 그러다가 총살을 당할 뻔하기도 했지.

봄이 다시 찾아왔어. 점령군은 퇴각했지. 이웃집의 대문은 여전히 닫혀 있었고 잡초들이 좁은 길마다 무성히 자라 있었어.

늙은 하녀는 겨울 동안 죽어버렸고 아무도 그 사건을 신경

쓰지 않았어. 나만이 그 일을 곱씹었지.

그들은 그 여자를 어떻게 한 것일까? 그 여자는 숲을 헤치며 달아난 건 아닐까! 어디선가 발견되어 말도 못 하고 병원에 수용되었을 수도 있지. 하지만 이런저런 생각을 해봐도 의혹이 풀리지 않았어. 그런데 세월이 조금씩 흐르면서 내 마음의 근심도 조금씩 가라앉았네.

그런데 이듬해 가을에 멧도요들이 떼를 지어 지나가고 있었어. 통풍이 가라앉아 몸을 이끌고 숲으로 나갔네. 나는 긴 부리의 멧도요 몇 마리를 잡은 적이 있었어. 그때도 한 마리를 쏘아 맞혔는데 나뭇가지가 가득한 도랑 속으로 사라졌지. 별수 없이 잡은 새를 찾으러 도랑으로 내려갔다네. 새를 발견했는데 바로 옆에 해골 하나가 있더군. 그때 갑자기 그 미친 여자의 기억이 가슴에 덮쳐오는 게 아닌가. 물론 그 음울했던 해에 많은 사람이 숲속에서 목숨을 잃었을 테지. 왜 그런지 설명할 길은 없지만 어떤 확신이 들더군. 내 앞에 놓인 그 해골이 바로 그 불쌍한 미친 여자의 것이라고.

그리고 그 순간 나는 무언가를 깨달았고 모든 것이 짐작되더군. 그들은 여자를 차갑고 적막한 숲속에 매트리스째 버려둔 것이지. 그리고 여자는 자기 고집대로 팔이나 다리 하나 꼼짝하지 않은 채 두텁고도 가벼운 눈 이불 아래에서 죽음을 맞이한 거야.

그런 다음 이리들이 달려들어 그녀의 몸을 뜯어먹은 거지.

새들은 찢어진 침대의 양털로 둥지를 틀고.

나는 그 슬픈 유골을 아직 간직하고 있다네. 그리고 간절히 기도했지. 우리의 아이들이 다시는 이 땅에서 전쟁을 겪지 않게 해달라고.

크리스마스이브의 밤

Un Réveillon / Le Réveillon de Noël

크리스마스이브의 밤

Un Réveillon / Le Réveillon de Noël

나는 정확히 그 해가 언제였는지 더이상 기억나지 않는다. 한 달 내내 열정적으로 사냥을 했다. 새로운 열정에 사로잡힌 사람만이 느낄 수 있는 거친 기쁨 속에서.

나는 노르망디에 있었는데 미혼인 친척, 쥘 드 바느빌의 영지에서 둘이서 지내고 있었다. 거기에는 그의 가정부, 하인 한 명 그리고 사냥터지기 한 명뿐이었다. 그 성은 오래된 잿빛 건물로 울부짖는 소나무에 둘러싸여 있었고 바람이 내달리는 긴 참나무 가로수길 한가운데 자리 잡고 있어서 수 세기 동안 방치된 듯한 인상을 주었다. 방은 항상 닫혀 있었고 안에는 저마다 고풍스러운 가구만이 덩그러니 차지하고 있었다. 복도에는 오래전 이 성에서 귀족 이웃들을 격식을 차려 맞이하던 옛 주인들의 초상화가 걸려 있는데 가로수길만큼이나 을씨년스러웠다.

우리는 저택에서 그나마 사람이 지낼 만한 부엌으로 몸을 피했다. 거대한 부엌이었는데 어두컴컴한 구석들은 아궁이에 새로운 장작더미를 던져 넣을 때마다 환하게 밝아지고는 했다. 매일 저녁 불 앞에서 달콤한 졸음을 맛본 뒤, 젖은 장화가 오랫동안 김을 내뿜고 사냥개들이 우리 다리 사이에서 동그랗게 웅크리고 잠이 들어서 꿈속에서 몽유병자처럼 짖고 사냥하고 있으면, 우리는 침실로 올라갔다.

그 방은 쥐들 때문에 저택에서 유일하게 천장과 벽을 모두 석고로 마감한 곳이었다. 그러나 방은 여전히 비어 있고 석회로만 희게 칠해진 벽에는 사냥용 총과 개 채찍 그리고 사냥 나팔이 걸려 있었다. 우리는 오돌오돌 떨며 시베리아 오두막 같은 방의 양쪽 끝에 놓인 침대로 미끄러지듯 들어갔다.

성에서 맞은편으로 1리외 정도 떨어진 곳에는 절벽이 바다로 곧장 곤두박질치고 있었다. 그리고 대양에서 불어오는 거친 바람은 밤낮없이 거목들을 휘게 만들어 신음하게 하고 지붕과 풍향계를 울렸으며 오래된 건물마저도 비명을 지르게 했다. 기와들의 벌어진 틈 사이와 구렁처럼 넓은 굴뚝 그리고 꽉 닫히지 않는 창문 틈새로 바람이 스며들어 성안을 가득 채웠다.

그날은 살을 에는 듯 추운 날이었다. 저녁이 되었다. 우리는 높은 벽난로를 앞에 두고 타오르는 불 옆에서 식탁을 차리고 있었다. 불 위에는 산토끼 등심이 구워지고 있고, 양옆에는 메추라기 두 마리가 맛있게 익어가고 있었다.

사촌이 고개를 들어 말했다. "오늘 밤은 꽤 춥겠어."

나는 무심히 대꾸했다. "그래도 내일 아침에는 연못에서 오리를 잡을 수 있을 거야."

그때 하녀가 한쪽 끝에는 우리 식기를, 반대편 끝에는 하인들의 식기를 놓으면서 물었다. "오늘이 바로 크리스마스이브인 걸 아세요?"

우리는 달력을 들여다보는 일이 거의 없어서 모르고 있었다. 그러자 사촌이 말했다. "그렇다면 오늘 밤이 자정 미사겠군. 그래서 온종일 종소리가 울렸던 거구나!"

하녀가 대답했다. "그렇기도 하고, 아니기도 해요. 오늘 푸르넬 영감님이 돌아가셨거든요."

푸르넬 영감은 한때 목동이었고 고장에서 이름난 인물이었다. 아흔여섯 살까지 병치레 한번 한 적이 없었는데 한 달 전에 어두운 밤에 웅덩이에 빠지는 바람에 감기에 걸려 병석에 눕게 되었다. 다음 날부터 자리를 보전했고 그 이후로 사경을 헤맸다.

내 사촌이 나를 돌아보며 말했다. "괜찮다면, 이따가 그 딱한 사람들을 보러 가세." 그가 말한 딱한 사람들은 노인의 가족으로 쉰 여덟이 된 손자와 그보다 한 살 어린 손자며느리를 가리키는 것이었다. 아들 세대는 이미 오래전에 사라졌다. 그들은 마을 어귀, 오른편에 자리한 초라한 오두막에서 살고 있었다.

그런데 어찌 된 일인지, 이런 고독 속에서 크리스마스를 맞는다고 생각하니 한층 이야기를 나누고 싶은 기분이 들었다. 둘은 마주 앉아 지난 성탄 전야에 대해서 이야기했다. 그 밤, 한껏 들뜬 탓에 벌어졌던 일들, 스쳐 간 행운들 그리고 다음 날 아침에 잠에서 깨어나, 생각지 못한 일들이 벌어져 놀라고 새롭게 알게 된 사실들에 대해 주고받았다.

그렇게 해서 우리의 식사 시간은 길어졌다. 이어서 파이프 담배를 여러 번 피웠다. 그리고 외로운 이들에게 찾아드는 즐거움, 두 절친 사이에서 전염되는 즐거움에 휩싸여 우리는 쉴 새 없이 이야기를 이어갔다. 마음속을 헤집어 그런 시간에만 새어 나오는 비밀스러운 추억들을 털어놓았다.

오랫동안 자리를 비웠던 하녀가 다시 나타나 말했다. "주인님, 저는 미사에 다녀오겠습니다."

"벌써?"

"자정까지 45분 남았어요."

그때 쥘이 물었다.

"우리도 교회에 가볼까? 시골에서 드리는 자정 미사도 꽤 흥미롭잖아."

나는 승낙했고 우리는 사냥용 모피 코트를 두르고 교회로 향했다.

매서운 추위가 얼굴을 찌르고 눈을 시리게 했다. 차디찬 공기가 폐를 움켜쥐었고 목은 바짝 말랐다. 깊고 맑지만 차가운 하늘은 서리가 내린 듯 희미한 별들로 빼곡했다. 별들은 불꽃처럼 빛나기보다는 얼음별처럼, 결정체처럼 반짝였다. 멀리서 마르고 쇠붙이 같은 땅 위로 농부들의 나막신이 또각또각 울렸다. 그리고 머나먼 지평선 너머로 마을마다 작은 종소리가 퍼져 나와, 추위에 떠는 듯 가녀린 음들을 얼어붙은 거대한 밤 속으로 흩뿌렸다.

시골 마을은 잠들지 않았다. 수탉들은 종소리에 속아 울어대고 헛간을 지나갈 때면 소란에 놀란 가축들이 몸을 뒤척이는 소리가 들렸다.

마을에 가까워지자 쥘은 푸르넬 가족을 떠올렸다. "저기가 그 집이군. 들어가 보자."

그가 한참 동안 문을 두드렸지만 소용없었다. 마침 교회에 가기 위해 집을 나서던 이웃이 우리를 보고 말했다. "그 집 식구들은 미사에 갔어요. 영감을 위해 기도하러요.”

“나올 때 만나면 되겠군.” 하고 사촌이 말했다.

기울어가는 달은 한 움큼 뿌려놓은 듯한 별빛의 낱알들 속에서 초승달 모양을 드러내고 있었다. 검은 들판 위로 사방에서 작은 불빛들이 흔들리면서 쉬지 않고 울리는 뾰족한 종탑을 향해 모여들고 있었다. 나무가 심어진 농가 마당 사이로, 어두운 들판 한가운데로 그 불빛들은 땅 가까이서 뛰듯 움직이고 있었다. 그것은 농부들이 뿔로 만든 등불이었고 그 뒤로 흰 모자를 쓴 아내들이 따라가고 있었다. 길고 검은 외투로 몸을 감싼 아내들의 뒤를 따라서, 아직 잠이 깨지 않은 어린아이들이 서로의 손을 잡고 어둠 속을 걷고 있었다.

열린 교회 문을 통해 환히 빛나는 성가대석이 보였다. 허름한 본당 주위를 값싼 초들로 만든 화환이 둘러싸고 있었고 바닥에는 왼쪽으로 거대한 아기 예수가 분홍빛의 섬세한 나체상으로 소나무 가지 사이에서 진짜 밀짚 위에 놓여 있었다.

예배가 시작되었다. 농부들은 허리를 굽히고 여자들은 무릎을 꿇은 채 기도하고 있었다. 이 순박한 사람들은 밤의 차가운 공기에 정신이 깨어나, 조잡하게 그려진 성상을 바라보면서 크게 감동하고 있었다. 그리고 소박한 장엄함 앞에서 그런 유치한 표상을 순진하게 믿으면서 기가 죽은 듯 두 손을 모았다.

얼어붙은 공기가 촛불을 흔들자, 쥘이 내게 말했다. "나가세! 오히려 밖이 낫겠어."

그리고 모든 농부가 무릎을 꿇고 경건하게 떨고 있는 동안, 인적이 없는 길 위에서 우리는 다시 옛 추억들을 이야기하기 시작했다. 그렇게 한참을 이야기하다 보니 우리가 마을로 돌아왔을 때는 이미 미사가 끝나 있었다.

푸르넬네 집 문 밑으로 가느다란 빛이 새어 나오고 있었다. "저 사람들은 죽음을 지키고 있군. 저 딱한 사람들 집에 들어가 보세, 좀 위로가 될 거야."

벽난로에는 몇 개의 불씨가 타들어 가고 있었다. 방은 어두웠고 오래되어 벌레가 파먹은 서까래들이 거무스름해지고 때가 눌어 반질거렸고 구운 순대 냄새로 숨 막힐 듯 가득 차 있었다. 큰 식탁 한가운데에는 비뚤어진 철제 촛대 위에 꽂힌 촛불이 버섯처럼 피어오르는 매캐한 연기를 천장까지 내뿜고 있고 식탁 아래에는 빵이 담긴 뒤주가 불룩한 배처럼 부풀어 있었다. 푸르넬 부부가 단둘이 전야 만찬을 벌이고 있었다.

침울하고 풀이 죽은 표정으로 그들은 말 한마디 없이 진지하게 식사하고 있었다. 두 사람 사이에는 접시 하나만이 놓여 있었는데 그 위로 커다란 피순대 한 덩이가 고약한 연기를 내 뿜고 있었다. 그들은 가끔 칼끝으로 그것을 조금 잘라내서 빵 조각 위에 눌러 얹고는 한입 크기로 잘라서 천천히 씹었다.

남편의 잔이 비면 아내는 사과주 단지를 들어 잔을 채워주었다.

우리가 들어서자 그들은 일어나 "같이 드십시오." 하고 자리를 권했지만 우리가 사양하자 다시 자리에 앉아 먹기 시작했다.

잠시 침묵이 흐른 뒤, 내 사촌이 물었다. "앙팀 씨, 할아버님이 돌아가셨다죠?"

"네. 돌아가셨습니다."

다시 침묵이 흘렀다. 아내는 예의상 촛불 심지를 집어 껐다. 나는 무언가 말하려고 덧붙였다. "정말 연세가 많으셨더군요."

쉰 일곱인 손자며느리가 대답했다. "아, 이제 때가 된 거지요. 이곳에서 더 이상 할 일이 없었어요."

그때 갑자기 나는 그 백 세 노인의 시신을 보고 싶은 마음이 들어서 보여 달라고 부탁했다.

그때까지 평온하던 두 농부가 갑자기 동요했다. 불안한 눈으로 서로를 바라보며 아무 대답도 하지 않았다.

사촌이 그들의 당황한 기색을 보고 다시 다그쳤다.

그러자 남자가 의심스럽고 교활한 표정으로 말했다. "그걸 본다고 무슨 소용이 있겠습니까?"

쥘이 대꾸했다. "아무 소용 없지. 하지만 늘 있는 일이잖소. 왜 꺼리는 겁니까?"

농부는 어깨를 으쓱하며 말했다. "어! 보여주고 싶지만, 이 시간에는 조금 곤란하죠."

수많은 추측이 우리 머릿속을 스쳐 지나갔다. 그러나 죽은 이의 자식들은 여전히 꼼짝도 하지 않고 서로 마주 앉아 고개를 떨군 채 불만 있는 사람처럼 굳은 표정으로 마치 '어서 가시오.'라고 말하는 듯했다. 내 사촌이 권위 있는 어조로 말했다. "어서요, 앙팀 씨. 어서 우리를 그 방으로 안내하시오." 그러나 남자는 이미 마음을 정한 듯 퉁명스럽게 대답했다. "그럴 필요는 없습니다, 선생님. 이젠 거기에 안 계시니까요."

"그렇다면 어디에 모셔뒀단 말이오?"

아내가 남편의 말을 끊으며 나섰다.

"제가 말씀드릴게요. 내일 아침까지만 빵 뒤주에 모셔 두기로 했어요. 모셔 둘 공간이 없어서요."

그리고 피순대가 담긴 접시를 치우고 식탁 덮개를 들어 올렸다. 초를 들고 몸을 굽혀 뒤주 속을 비추었다. 우리는 뒤주의 깊은 바닥에서 회색빛의 무언가를 보았다. 기다랗게 감싼 꾸러미 같았는데 한쪽 끝에 헝클어진 백발을 한 마른 얼굴이 드러나 있었고 반대쪽 끝에는 맨발이 나와 있었다.

바로 노인이었다. 온몸이 마른 채, 눈은 감겨 있고 양치기 시절 입던 옷으로 둘둘 감겨서, 그 안에서 마지막 잠을 자고 있었다. 주변에는 그처럼 오래되어 검게 굳은 빵조각들이 널려 있었다.

그의 자식들은 바로 그 위에서 전야 만찬을 치른 것이다!

쥘은 분노에 치를 떨며 소리쳤다. "어째서 침대에 모셔 두지 않은 거야, 이 천한 것들아?"

그러자 여자가 눈물을 글썽이며 재빨리 말했다. "제가 말씀드릴게요, 선생님. 우리 집에는 침대가 하나뿐이에요. 살아계실 때는 셋이서 같이 침대에서 잤어요. 그런데 편찮으신 후부터 우리는 바닥에서 자야 했지요. 이런 날씨에는 참 고된 일이에요. 돌아가셨을 때 우리는 이렇게 생각했어요. 이제 고통도 없으신데 굳이 침대에 모셔 둘 필요가 있을까, 내일까지만 뒤주에 두면 되지 않을까 하고요. 게다가 어떻게 죽은 사람과 한 침대에 눕겠습니까!…"

격분한 사촌은 문을 쾅 닫으며 나가버렸고 나는 그를 따라가며 웃음을 참지 못했다.

시몽의 아빠

Le Papa de Simon

시몽의 아빠

Le Papa de Simon

정오의 종이 울렸다. 학교 문이 열리자 아이들이 먼저 나가려고 서로를 밀치며 쏟아져 나왔다. 하지만 평소처럼 금세 흩어져서 점심을 먹으러 돌아가지 않고, 몇 걸음 떨어진 곳에 멈춰 서서 무리를 지어서 모이더니 수군거리기 시작했다.

그날 아침, 라 블랑쇼트의 아들 시몽이 처음으로 수업에 나왔다.

모두 집에서 라 블랑쇼트에 대해 들어본 적이 있었다. 사람들은 공개적인 곳에서는 그녀에게 친절히 대해주었지만 어머니들은 다소 경멸이 섞인 동정으로 그녀를 대했다. 그런 태도가 아이들에게도 그대로 전해졌지만 아이들은 이유는 알지 못했다.

시몽에 관해서도 아이들은 알지 못했다. 시몽은 거의 밖에 나가지 않았고, 친구들과 어울려 마을 거리나 강가에서 뛰어

놀지도 않았다. 아이들은 시몽을 그리 좋아하지 않았다. 열네다섯쯤 되어 보이는 한 아이가 교묘하게 눈을 깜박이며 마치 뭔가를 아는 것처럼 했던 말에 아이들은 매우 놀라면서도 약간의 즐거움이 섞여 서로에게 그 이야기를 되풀이했다.

"너희도 알지… 시몽은… 음, 아빠가 없대."

그때 라 블랑쇼트의 아들 시몽이 교문에 보였다.

시몽은 일곱, 여덟 살쯤 되어 보였다. 얼굴이 조금 창백하고 단정했으며 수줍은 듯 어색한 표정을 짓고 있었다.

시몽이 어머니가 있는 집으로 돌아가려 할 때 친구들 무리가 수군거리며 짓궂고 잔인한 눈빛으로 쳐다보았다. 그런 다음 시몽을 에워싸더니 결국 완전히 포위해 버렸다. 시몽은 무슨 일이 벌어질지 전혀 알 수 없어 놀라고 당황한 채 한가운데에 그저 서 있었다. 하지만 소문을 퍼뜨린 아이는 이미 얻은 성공에 자부심을 느끼며 시몽에게 물었다.

"너 이름이 뭐야?"

아이가 대답했다. "시몽."

"시몽 뭐?" 하고 그 아이가 다시 물었다.

아이는 어리둥절한 채로 반복했다. "시몽."

그 소년이 소리쳤다. "우리는 '시몽 무엇무엇'이라고 부르는데… 그냥 시몽은 이름이 아니지… 시몽."

시몽은 울음이 터질 듯한 표정으로 세 번째로 대답했다.

"내 이름은 시몽이야."

아이들이 웃음을 터트렸다. 승리감에 찬 그 아이가 목소리를 높였다. "얘들아, 아빠가 없는 게 확실해."

무거운 정적이 흘렀다. 아이들은 이 놀랍고 불가능하며 기괴한 사실에 놀라 어안이 벙벙해 있었다. 아빠가 없는 아이라니. 아이들은 그를 비범한 현상, 초자연적인 존재인 양 바라보았다. 지금까지는 알 수 없던, 어머니들이 라 블랑쇼트를 향해 품었던 경멸이 자신들 안에서도 커지는 것을 느꼈다.

한편 시몽은 쓰러지지 않으려고 나무에 몸을 기댔고 돌이킬 수 없는 재앙에 얼어붙은 듯 서 있었다. 변명하려고 애썼지만 무슨 대답을 해야 할지 찾아내지 못했고 아빠가 없다는 끔찍한 사실을 부정할 만한 말이 떠오르지 않았다. 마침내 창백한 얼굴로 어찌 되든 소리쳤다. "아니야. 나도 있어, 아빠."

"어딨는데?" 하고 그 아이가 물었다.

시몽은 입을 다물었다. 그것은 알지 못했기 때문이다. 아이들은 매우 신이 난 듯 웃었다. 짐승에 가까운 이 시골 아이들은 상처 입은 닭은 바로 죽이는 암탉의 잔인한 본능 같은 것을 느꼈다. 갑자기 시몽은 이웃에 사는 키 작은 소년에게 눈길을 돌렸다. 그 아이는 자신처럼 홀어머니와 둘이 사는 아이였다.

“너도 아빠가 없잖아.” 하고 시몽이 말했다.

“아니, 나 아빠 있어.” 하고 그 아이가 대답했다.

“그럼 어디 있는데?” 하고 시몽이 되물었다.

“돌아가셨어. 우리 아빠는 묘지에 있어.” 하고 아이는 퍽 자랑스럽게 대답했다.

아이들 사이에서 동의하는 듯한 웅성거림이 일었다. 아빠가 묘지에 있다는 사실이 아예 아빠가 없는 아이는 깔아뭉개도 될 만큼 아이를 당당하게 만들어 주는 것 같았다. 이 장난꾸러기들의 아버지 대부분이 심술궂고 술주정뱅이이거나 도둑질하고 아내에게 모진 사람들이었지만 자신들만이 정당한 자식이라는 듯이 서로 밀치며 법 밖에 있는 시몽을 죄어왔다.

그때 한 아이가 비웃는 표정으로 혀를 쑥 내밀며 외쳤다.

“아빠가 없대요! 아빠가 없대요!”

그러자 시몽은 두 손으로 그 아이의 머리를 움켜잡고 다리를 마구 걸어차면서 볼도 세게 물어버렸다. 큰 소동이 벌어졌다. 두 싸움꾼을 떼어놓았고 시몽은 얻어맞고 옷이 찢어졌으며 온몸이 멍투성이가 된 채 땅바닥에 굴러떨어졌다. 아이들은 시몽을 둘러싸고 손뼉을 치며 구경했다. 시몽이 몸을 일으키며 무심코 옷에 묻은 흙먼지를 손으로 털어내고 있었는데 누군가 외쳤다.

"아빠한테 가서 일러라."

그 말에 시몽의 마음이 무너졌다. 아이들은 자기보다 힘이 셌고 시몽을 때렸고 무엇보다 대꾸할 말이 없었다. 아빠가 없다는 건 사실이기 때문이다. 자존심이 센 시몽은 몇 초 동안 눈물을 참으려고 애썼다. 그런데 숨이 막혀 오더니 끝내 소리 없이 흐느낌이 터져 나와 어깨를 들썩이며 울기 시작했다.

그때 악동들 사이에서 잔인한 웃음이 터져 나왔다. 그리고 무시무시한 환희에 들뜬 야만인들처럼 손을 맞잡고 시몽 주위를 빙글빙글 돌기 시작했다. 그리고 후렴처럼 계속 외쳤다. "아빠 없대요! 아빠 없대요!"

그러나 시몽은 갑자기 울음을 멈췄다. 너무 화가 나서 미칠 지경이었다. 발치에 있던 돌멩이를 주워 괴롭히던 아이들을 향해 힘껏 던졌다. 두세 명이 맞아 비명을 지르며 도망쳤다. 아이들은 시몽의 그런 모습에 겁을 먹었다. 분노한 사람 앞에서 언제나 그렇듯 비겁해진 군중은 흩어져 도망갔다.

아버지 없는 아이, 시몽은 혼자 남아 들판을 향해 달리기 시작했다. 어떤 기억이 떠올라 마음속에서 큰 결심을 하게 된 것이다. 강물에 빠져 죽고 싶었다.

사실 시몽은 일주일 전, 구걸로 연명하던 한 가난한 사람이 돈이 없어서 강물에 몸을 던졌던 일이 떠올랐다. 사내의 시신이 물에서 건져 올려질 때 그 광경을 목격했다. 평소에는 비참하고 더럽고 추하게 보이던 불운한 사내였지만 그 순간에 창백한 뺨과 젖은 긴 수염 그리고 차분한 눈빛은 시몽에게 큰 충격이었다. 그때 주변 사람들이 말했다. "죽었군." 다른 사람들은 이렇게 덧붙였다. "이제는 편안하겠지." 그래서 시몽도 아버지가 없다는 이유로, 마치 그 불쌍한 사내가 돈이 없어서 그랬던 것처럼 강물에 몸을 던지려 하는 것이다.

시몽은 강가에서 강물이 흘러가는 것을 바라보았다. 맑은 물살 속에서 몇몇 물고기들이 빠르게 뛰놀다가 가끔 튀어 오르며 수면 위로 날던 파리를 잡아먹었다. 시몽은 울음을 멈추고 그 모습을 바라보았다. 그렇게 움직이는 물고기들이 흥미로웠기 때문이다. 하지만 폭풍우가 잠잠해진 사이에 갑자기 큰 돌풍이 나무를 뒤흔들고 저 멀리 사라지듯, 이 생각이 날카로운 고통과 함께 다시 마음을 사로잡았다. "나는 아빠가 없으니까 물에 빠져 죽을 거야."

날씨는 무척 덥고 화창했다. 따사로운 햇살이 풀을 덥히고 있었다. 물은 거울처럼 반짝였다. 시몽은 눈물 뒤에 찾아오는 나른함 속에서 잠시 행복을 느꼈고 따스한 풀 위에 드러누워 그대로 잠들고 싶은 마음이 간절했다.

작은 초록색 개구리 한 마리가 그의 발밑에서 튀어 올랐다.

그는 개구리를 잡으려고 했지만 개구리는 잽싸게 달아났다. 쫓아가다가 세 번이나 놓쳤다. 마침내 개구리의 뒷다리 끝을 붙잡았고 빠져나가려고 안간힘을 쓰는 모습에 웃음을 터뜨렸다. 개구리는 긴 다리를 오므렸다가 갑자기 힘껏 펴며 두 개의 막대기처럼 뻣뻣하게 내뻗었다. 그리고 금테를 두른 눈을 동그랗게 뜨고 앞다리를 손처럼 허우적거렸다. 그 모습을 보니 순간 얇은 나무판을 지그재그로 못질해 만든 장난감이 떠올랐다. 그 위에 고정된 작은 병사들을 똑같은 움직임으로 훈련하는 장난감이었다. 그러자 자기 집과 엄마가 생각났고 깊은 슬픔에 사로잡혀 다시 울기 시작했다. 팔다리가 떨렸다. 무릎을 꿇고 잠들기 전처럼 기도를 읊으려 했지만 기도를 마칠 수 없었다. 눈물이 터지며 감정이 복받쳤고 온몸이 요동쳤다. 이제는 아무 생각도 나지 않았고 주변에 아무것도 보지 않았으며 그저 울기만 했다.

그때 육중한 손이 시몽의 어깨를 짚더니 굵은 목소리로 물었다. "꼬마야, 무슨 일로 그렇게 우는 거냐?"

시몽이 돌아봤다. 검은 곱슬머리에 수염을 가진 키가 큰 한 노동자가 다정한 눈빛으로 그를 바라보고 있었다. 시몽은 눈에는 눈물이 그렁그렁하고 울먹이며 대답했다.

"애들이 저를 때렸어요… 제… 제가… 아빠가… 없다고요,

아빠가 없다고…"

"뭐라고? 모든 사람에겐 아빠가 있단다." 하고 남자가 미소 지으며 말했다.

아이는 슬픔에 몸을 떨며 힘겹게 대꾸했다. "저… 저는… 없어요."

그제야 노동자의 얼굴이 심각해졌다. 아이가 라 블랑쇼트의 아들임을 알아본 것이다. 이곳에 온 지 얼마 되지 않았지만 그녀의 사정은 어렴풋이 알고 있었다.

"자, 그만 울어, 꼬마야. 엄마한테 가자. 너한테… 아빠가 생기게 해줄게." 하고 그가 말했다.

그들은 길을 나섰다. 사내의 커다란 손이 아이의 작은 손을 꼭 잡았고 다시금 미소를 지었다. 라 블랑쇼트를 보게 될 일이 못내 반갑기도 했기 때문이다. 듣자 하니 그녀는 이 고장에서 가장 아름다운 여자 중 하나였다. 그는 은근한 기대를 품고 한 번 잘못을 저지른 청춘이 또다시 그런 잘못을 저지르지 말란 법은 없다고 생각했다.

그들은 아주 깔끔하고 하얀 작은 집 앞에 도착했다.

"여기에요. 엄마!" 하고 아이가 외쳤다.

한 여자가 나타났고 순간 노동자는 웃음을 멈추었다. 그는 곧바로 깨달았다. 다른 남자에게 배신당하고 이 집의 문턱을 지키듯 서 있는, 창백하고 키가 큰 이 여자에게는 희롱 따위가 통하지 않으리라는 것을. 그는 위축되어 모자를 손에 쥔 채 더듬거리며 말했다.

"저기, 부인. 강가에서 길을 잃었던 아드님을 데려왔습니다."

그러나 시몽은 어머니의 목을 껴안으며 다시 울음을 터뜨렸다.

"아니에요, 엄마. 저는 강물에 빠지려고 했어요. 아이들이 저를 때렸거든요… 나를 때렸어요… 내가 아빠가 없다면서요."

젊은 여인의 볼이 타는 듯이 붉어졌고 마음 깊이 상처받은 그녀는 아이를 와락 끌어안았다. 눈물이 쏟아져 얼굴을 타고 흘러내렸다. 마음이 아팠던 남자는 어찌할 바를 몰라 그 자리에 서 있었다. 그런데 시몽이 갑자기 그에게 달려가 말했다.

"제 아빠가 되어 주실래요?"

무거운 정적이 흘렀다. 라 블랑쇼트는 부끄러워 어찌할 줄을 몰라 하며 말을 잃었다. 두 손을 가슴에 얹고 벽에 기대어 있었다. 남자가 대답이 없자 아이가 다시 말했다.

"만약 싫으시면 저는 다시 물에 빠지러 갈 거예요."

노동자는 장난스럽게 받아들이며 웃으면서 대답했다.

"그래, 좋아."

"그럼 이름이 뭐예요? 사람들이 물어보면 대답해야 하니까요." 하고 아이가 물었다.

"필립이란다." 하고 사내가 대답했다.

시몽은 잠시 말을 멈추고 그 이름을 기억한 뒤, 팔을 벌리며 위로받은 듯이 말했다.

"그래요! 필립, 아저씨는 이제 내 아빠예요."

노동자는 아이를 들어 올려 두 뺨에 입을 맞춘 후, 성큼성큼 재빨리 가버렸다.

다음 날 시몽이 학교에 들어서자 아이들이 심술궂게 웃으며 맞이했다. 그리고 하교할 때 한 아이가 다시 장난을 치려고 하자, 시몽은 돌을 던지듯이 이렇게 내뱉었다. "내 아빠 이름은 필립이야."

아이들 사이에서 환호성이 터져 나왔다.

"필립이 누군데?… 필립 뭐?… 필립이 도대체 뭐야?… 어디서 필립을 찾아낸 거야?"

시몽은 아무 대답도 하지 않았다. 도망치기보다는 굳은 믿음으로 괴롭힘을 당할 각오를 하고 그들을 똑바로 바라보며 맞섰다. 다행히 선생님이 나타나 시몽을 구해주었고 그대로 어머니에게 돌아갔다.

석 달 동안, 거구의 노동자 필립은 종종 라 블랑쇼트의 집 근처를 지나갔고 가끔 그녀가 창가에서 바느질하고 있을 때

용기를 내어 말을 걸고는 했다. 그러면 그녀는 정중하게 대답했지만 엄숙했고 도통 웃지 않았으며 그를 집안으로 들이지도 않았다. 그러나 다른 남자들만큼 건방진 면이 있어, 그녀가 자신과 이야기를 나눌 때는 평소보다 얼굴이 더 붉어진 적이 많다고 스스로 생각했다.

그러나 한 번 떨어진 평판은 다시 쌓기가 매우 힘들고 깨지기 쉬운 탓에 라 블랑쇼트가 신중하게 처신했음에도 마을 사람들은 벌써 수군거리고 있었다.

한편 시몽은 새 아빠를 아주 좋아했고 일과가 끝난 저녁이면 매일 그와 함께 산책하러 나갔다. 아이는 학교에 성실히 다녔고 동급생들 가운데서도 매우 당당하게 행동하며 놀리는 말에 대꾸하지 않았다.

그러던 어느 날, 그를 처음 공격했던 아이가 시몽에게 말했다.

"너 거짓말했어. 네 아빠 이름은 필립이 아니잖아."

"왜 그렇게 생각해?" 하고 시몽이 흥분한 채 물었다.

아이가 손을 비비며 말했다.

"네가 아빠가 있다면 그 사람은 네 엄마의 남편이어야 하거든."

시몽은 그 논리가 타당해 잠시 당황했지만 그래도 대답했다. "그래도 내 아빠야."

"그럴 수도 있지. 하지만 완전한 네 아빠는 아니야." 하고 아이가 비웃으며 말했다.

시몽은 고개를 푹 숙이고 생각에 잠긴 채 필립이 일하는 루아종 영감의 대장간으로 걸어갔다.

대장간은 나무들 속에 묻혀 있는 듯했다. 매우 어두웠고 거대한 용광로의 붉은 빛만이 대장장이 다섯 명의 맨팔을 비추고 있었다. 그들은 모루 위로 무서운 굉음과 함께 망치를 내리쳤다. 그들은 악마처럼 불타는 모습으로 서서 달궈진 쇠를 응시하면서 두들겼다. 그들의 무거운 생각은 망치와 함께 오르내렸다.

시몽은 아무에게도 들키지 않고 들어가 조심스럽게 친구의 소매를 잡아당겼다. 그 친구가 돌아보자 갑자기 모든 작업이 멈췄고 대장장이들이 일제히 아이를 바라보았다. 평소와는 다른 정적이 흐르는 가운데 시몽의 가냘픈 목소리가 울려 퍼졌다.

"있잖아요, 필립 아저씨. 미쇼드네 아들이 아저씨가 완전한 내 아빠가 아니라고 했어요."

"왜 그런 말을 한 거지?" 하고 노동자가 물었다.

아이는 순진하게 대답했다.

"내 엄마의 남편이 아니라서요."

아무도 웃지 않았다. 필립은 모루 위에 세운 망치 자루를 받치고 있는 두툼한 손등에 이마를 기대고 생각에 잠겼다. 네 동료가 그를 바라보고 있었고 거인들 사이에서 아주 작은 시몽은 불안한 마음으로 기다렸다. 갑자기 한 대장장이가 모든 이의 생각을 대신해 필립에게 말했다.

"라 블랑쇼트는 착하고 용감한 여자야. 불행을 겪었어도 굳세고 반듯하게 살아가고 있어. 정직한 남자에게는 훌륭한 아내가 될 사람이지."

"맞아, 정말 그래." 하고 나머지 세 명이 말했다.

노동자가 말을 이었다.

"실패한 게 그 여자 잘못이겠어? 결혼 약속을 받았고 지금 존경받고 있는 여자 중에 똑같은 일을 당한 사람이 한둘은 아니니까."

"맞는 말이야." 세 남자가 일제히 맞장구쳤다.

그가 말을 이었다. "가엾게도 혼자서 아이를 키우느라 얼마나 고생을 했을지, 교회에 갈 때만 외출하면서 사느라 얼마나 눈물을 흘렸을지 그건 하느님만 아시겠지."

"그렇고말고." 하고 다른 이들이 말했다.

그때부터 풀무 소리만 들렸다. 필립은 갑자기 몸을 숙여 시몽에게 말했다.

"엄마한테 가서 전하렴. 오늘 밤 이야기 좀 하게 내가 찾아 간다고."

그는 아이를 어깨로 살짝 밀어냈다.

그리고 다시 일을 시작해 다섯 개의 망치가 동시에 모루 위로 떨어졌다. 그들은 밤까지 힘차고 강하게 기세 좋게 쇠를 두드렸다. 하지만 대성당의 종소리가 축일에 다른 종소리를 덮어버리듯이 필립의 망치는 다른 망치들의 굉음을 압도하며 매초 귀청이 터질 듯한 소리를 냈다. 그는 불꽃 속에서 눈을 빛내며 열정적으로 쇠를 단련했다.

하늘에 별이 가득한 밤에 그는 라 블랑쇼트의 집 문을 두드렸다. 일요일에 입는 깨끗한 셔츠를 입고 수염도 깔끔하게 다듬었다. 라 블랑쇼트가 문턱에 모습을 드러내며 걱정스러운 표정으로 말했다. "필립 씨, 이렇게 밤에 찾아오는 건 좋지 않아요."

그는 대답하려 했지만 더듬거리며 당황한 채 여자 앞에 서 있었다.

그녀가 말을 이었다. "더 이상 제가 다른 사람 입에 오르내리는 일은 없어야 한다는 걸 이해하시죠?"

그러자 그가 대뜸 말했다.

"당신이 내 아내가 되어 주신다면 그게 다 무슨 상관입니까!"

아무 대답도 없었지만 그는 방 안 어둠 속에서 몸이 푹 주저앉는 소리를 들은 것 같았다. 그는 곧장 안으로 들어갔다. 침대에 누워 있던 시몽은 입맞춤 소리와 어머니가 낮게 속삭이는 말을 들었다. 친구가 헤라클레스 같은 두 팔로 시몽을 번쩍 들어 올리며 외쳤다.

"네 친구에게 말해라. 네 아빠가 대장장이 필립 레미라고. 그리고 너를 때리는 애들은 귀를 잡아당겨 줄 거라고."

다음 날 학교가 아이들로 가득 찼고 수업이 시작되려고 할 때 시몽은 창백한 얼굴로 자리에서 일어나 입술을 떨며 말했다. "내 아빠는 대장장이 필립 레미야. 그리고 나를 때리는 사람이 있으면 귀를 잡아당기러 올 거라고 약속했어."

이번에는 아무도 웃지 않았다. 모두가 그 대장장이 필립 레미를 잘 알고 있었고 그가 바로 모두가 자랑스러워할 만한 아빠였기 때문이다.

쥘 삼촌

Mon oncle Jules

아실 베누빌에게

흰 수염을 기른 가난한 노인이 우리에게 구걸했다. 내 친구 조제프 다브랑슈는 그에게 100수*를 주었다. 나는 뜻밖이었다. 그가 말했다.

"이 딱한 노인을 보니 떠오르는 이야기가 있어. 그 기억이 나를 늘 따라다녀. 들어봐."

우리 가족은 르아브르 출신이고 부유하지는 않았어. 근근이 먹고 살아갈 정도였지. 아버지는 사무실에서 늦게까지 일했지만 월급이 많지는 않았고 내게는 두 명의 누이가 있었어.

어머니는 우리가 가난하다는 사실에 힘들어하셨고 종종 아버지에게 신랄한 말을 퍼붓거나 은근하고 교묘한 비난을 던지곤 했는데 그럴 때마다 불쌍한 아버지는 습관처럼 하는 행

---

    *   프랑스의 옛 화폐 단위로 100수는 5프랑과 같다.

동으로 내 마음을 아프게 했지. 흐르지도 않는 땀을 닦듯이 손바닥으로 이마를 문지르면서 아무 대꾸 않으셨다네. 나는 아버지의 그 무력한 고통을 느낄 수 있었다네. 우리는 매사에 절약했어. 식사 초대를 받아도 무엇이든 보답해야 한다는 걱정에 절대 응하지 않았고 저렴한 식료품을 샀어. 누이들은 직접 옷을 만들어 입었는데 미터당 15상팀[*]인 장식용 끈을 두고 한참을 토론하고는 했지. 우리가 평소에 먹는 음식은 기름진 수프와 온갖 양념으로 조리할 수 있는 부위의 소고기였어. 건강에도 좋고 든든하다고 했지만 나는 다른 음식을 먹고 싶었지.

단추를 잃어버리거나 바지라도 찢어지면 끔찍한 잔소리를 들어야 했다네.

그런데도 매주 일요일이면 우리는 옷을 말쑥하게 차려입고 방파제로 산책하러 나갔어. 아버지는 긴 외투를 입고 큰 모자에 장갑까지 챙기고 어머니에게 팔을 내밀었어. 어머니는 축제 날처럼 화려하게 치장했지. 누이들은 언제나 제일 먼저 준비를 마치고 출발 신호를 기다렸어. 하지만 막상 출발하려고 하면 그제야 어김없이 아버지 외투에서 얼룩을 발견했고 헝겊에 벤젠을 묻혀 서둘러 얼룩을 지워야 했어.

[*]　　　프랑스의 과거 화폐로 100상팀centime은 1프랑franc과 같다.

아버지는 큰 모자를 쓴 채 셔츠 차림으로 일이 끝나기를 기다리셨고 어머니는 서둘러 근시 안경을 끼고 장갑이 상하지 않도록 벗어 두고 서둘러 얼룩을 지우셨지.

우리는 의식을 치르듯 길을 나섰어. 누이들은 팔짱을 낀 채 앞서 걸었지. 결혼 적령기여서 시내에 나가 누이들을 선보였던 거야. 나는 어머니의 왼쪽에 섰고 아버지는 오른쪽에 서고는 했어. 일요일에 산책하러 나갈 때마다 내 가엾은 부모들이 지었던 점잖은 기색이 떠올라. 표정은 굳어 있고 엄격한 태도로 마치 중대한 일이 당신들의 행동에 달린 것처럼 등을 곧게 세우고 다리를 쭉쭉 뻗으며 엄숙하게 걸으셨어.

그리고 매주 일요일 멀고 낯선 나라에서 돌아오는 대형 선박들이 입항할 때면 아버지는 한결같이 이렇게 말씀하셨지.

“저기 봐, 저 배에 쥘이 타고 있다면 얼마나 좋을까!”

아버지의 동생인 쥘 삼촌은 한때 가족에게 두려운 존재였지만 나중에는 유일한 희망이 되었어. 어릴 때부터 삼촌에 관한 이야기를 자주 들어와서 삼촌의 존재가 익숙했지. 그래서 처음 본다 해도 단번에 알아볼 수 있을 것만 같았어. 미국으로 떠난 날까지 삼촌에 대해서는 속속들이 알고 있었지만 그 시절에 대한 이야기는 언제나 속삭여야 했지.

듣자 하니 삼촌은 행실이 좋지 않았던 모양이야. 말하자면 돈을 좀 날려 먹었는데 가난한 집에서는 그런 사건이야말로 가장 큰 죄였지. 부자라면 그저 어리석은 짓을 했다고 여기겠지만. 허허 웃으면서 방탕아라고 놀리면서 말이야. 그런데 가난한 집에서 돈을 까먹는 아들을 부모는 망나니, 거지, 쓸모없는 놈 취급을 하잖아!

그리고 똑같은 행동을 하더라도 그런 구분은 명확해. 왜냐하면, 행동의 심각성을 결정하는 것은 오직 결과뿐이니까.

결국 쥘 삼촌은 본인 몫을 한 푼도 남김없이 다 써버린 것도 모자라 아버지가 기대고 있던 유산까지 탕진했어. 그래서 당시 흔히 하던 대로 삼촌을 르아브르에서 뉴욕으로 가는 상선에 태워 미국으로 보내버렸어.

미국에 도착해서 쥘 삼촌이 곧 편지를 보내왔는데 무슨 장사를 시작했는지 모르겠지만 돈을 좀 벌고 있으니 나중에 자신의 실수에 대해서 아버지에게 보상하고 싶다고 했어. 식구들은 이 편지를 보고 깊이 감동했지. 예전에 사람 취급도 못 받던 삼촌이 다브랑슈 집안이 그렇듯이 순식간에 성실한 사람, 마음 따뜻한 청년, 진정한 다브랑슈 집안사람으로 탈바꿈했어.

게다가 어느 선장이 삼촌이 큰 상점을 하나 내서 꽤 규모 있는 장사를 하고 있다고 알려줬지.

그러고 나서 2년 뒤에 두 번째 편지가 왔는데 이렇게 적혀 있었어. '친애하는 필립, 나는 건강히 잘 있으니 걱정하지 않길 바라 이 편지를 써. 장사도 잘되고 있어. 내일 남아메리카로 긴 여행을 떠날 예정이야. 몇 년 동안 편지 못 보낼 수도 있어. 내가 편지를 보내지 않더라도 걱정하지 마. 한몫 잡으면 르아브르로 돌아갈게. 그리 오래 걸리지 않기를 그리고 다 같이 행복하게 살 수 있기를 바라…'

이 편지는 곧 가족의 복음서가 되었어. 시도 때도 없이 꺼내 읽었고 만나는 사람마다 보여주고는 했어.

정말로 삼촌은 10년 동안 아무 소식이 없었어. 그런데 시간이 흐를수록 아버지의 희망은 커졌고 어머니 또한 이렇게 말하고는 하셨지.

"착한 쥘이 돌아오면 우리 형편도 달라질 거야. 삼촌은 문제를 해결할 줄 아는 사람이야!"

그리고 매주 일요일이면 수평선 너머에서 굵고 검은 연기를 뿜어내며 다가오는 대형 증기선을 보면서 아버지는 언제나 이렇게 말씀을 하셨던 거야.

"저 봐, 저 배에 쥘이 타고 있다면 얼마나 좋을까!"

우리는 삼촌이 갑자기 손수건을 흔들며 이렇게 외치는 모습을 보고 싶었어.

"여어! 필립 형."

우리는 쥘 삼촌이 언젠가는 돌아온다고 확신하고 수많은 계획을 세워두었어. 삼촌이 번 돈으로 앵구빌 근처에 작은 시골집을 하나 살 생각이었지. 아버지가 그때 이미 매매 흥정을 시작했을 수도 있어.

그 무렵 큰누이가 스물여덟, 작은 누이가 스물여섯이었어. 누이들은 결혼하지 못하고 있었고 그게 온 가족의 걱정거리였지.

마침내 작은 누이에게 구혼자가 나타났어. 부자는 아니었지만 직장이 있고 성실했어. 어느 날 저녁 쥘 삼촌의 편지를 그 청년에게 보여줬는데 그것 때문에 그가 구혼하기로 결심한 것이라고 나는 지금도 확신해.

우리는 그의 청혼을 기꺼이 받아들였고 결혼식 이후 가족 모두가 함께 저지섬으로 짧은 여행을 떠나기로 했지.

저지섬은 가난한 사람들에게는 이상적인 여행지였어. 멀지도 않고 배를 타고 바다를 건너면 외국 땅, 영국령에 도착하기 때문이야. 간단히 말하자면, 프랑스 사람이 두 시간만 배를 타면 영국령의 외국 섬에 사는 사람들의 집도 직접 보고 한심하기 짝이 없지만 그들의 생활 방식도 알 수 있었어.

저지섬 여행은 우리의 최대 관심사가 되었고 그것만을 기다리고 그 생각에 빠져서 살았어.

마침내 우리는 여행을 떠났어. 그날이 마치 어제 일처럼 생생하네. 그랑빌 부두에서 증기선이 증기를 뿜어내고 있었지. 아버지는 얼떨떨한 표정으로 우리 짐 세 개가 실리는 모습을 지켜보고 있었고 어머니는 걱정스러운 표정으로 아직 미혼인 큰누나의 팔을 붙잡고 있었어. 큰누나는 마치 무리에서 홀로 떨어져 나온 아이처럼 풀이 죽어 보였고, 막 결혼한 신혼부부는 항상 뒤처져 걸어와서 나는 자꾸 뒤를 돌아보고는 했어.

배가 기적 소리를 냈어. 우리는 배에 올랐고 증기선은 부두를 떠나 푸른 대리석처럼 잔잔한 바다 위로 멀어져 갔지. 해안이 멀어지는 것을 보면서 여행을 자주 가지 않는 사람들이 으레 그렇듯이 행복하고 뿌듯한 기분에 젖어 있었어.

아버지는 그날 아침에도 정성스럽게 얼룩을 지운 코트 아래로 배를 내밀고 계셨어. 아버지 주변에서 외출하는 날마다 풍기던 벤젠 냄새가 나는 것만으로도 일요일임을 알 수 있었지.

그때 아버지는 두 신사가 굴을 권하고 있는 우아한 부인 두 사람을 발견했어. 누더기를 걸친 늙은 선원이 칼로 껍질을 따서 신사들에게 건네면 그들은 다시 그것을 부인들에게 내밀더군. 부인들은 얇은 손수건 위에 껍데기를 올려놓고 드레스를 더럽히지 않으려고 입을 앞으로 내밀면서 섬세한 태도로 굴을 먹었어. 그러고는 재빠르게 그 즙을 들이켜고 껍데기를 바다에 던졌지.

아버지는 아마도 움직이는 배 위에서 굴을 먹는 그 고상한 행동에 마음이 끌리셨던 것 같아. 그것이 멋있고 세련되었으며 고상하다고 생각하셨고, 어머니와 누이들에게 다가가 물으셨지.

"굴 좀 사줄까?"

어머니는 돈 때문에 망설이셨지만 누이들은 바로 그러겠다고 했어. 그러자 어머니는 못마땅해하며 말씀하셨지.

"난 배탈이 날까 봐 걱정돼요. 애들만 몇 개 사줘요. 탈이 날 수 있으니까 너무 많이는 말고."

그러고는 나를 돌아보며 이렇게 덧붙이시더군.

"조제프는 안 먹어도 돼. 남자애들은 이렇게 버릇을 들이면 안 되지."

그래서 나는 어머니 옆에 남게 되었고 이런 차별이 부당하다고 느꼈어. 나는 아버지가 두 딸과 사위를 데리고 누더기를 입은 늙은 선원에게로 당당하게 걸어가는 모습을 눈으로 따라갔어.

굴을 먹은 두 부인은 막 자리에서 일어났고 아버지는 누이들에게 물이 흐르지 않게 굴을 먹는 방법을 가르쳐 주시더군. 심지어 시범을 보이겠다며 굴을 한 개 집어 드셨어. 그런데 그 부인들을 흉내 내려다 그만 껍데기에 고여 있던 물을 전부 코트에 쏟아버렸지 뭐야. 어머니가 중얼거리는 소리가 들렸어.

"가만히나 있을 것이지."

그런데 갑자기 아버지가 불안해 보이기 시작했어. 몇 걸음 뒤로 물러나더니 굴을 까고 있는 선원 주변으로 모여 있는 가족들을 뚫어지게 바라보시는 거야. 그러고는 갑자기 우리 쪽으로 오셨어. 얼굴은 매우 창백했고 눈빛은 어딘가 이상했지. 아버지는 어머니에게 낮은 목소리로 말씀하셨어.

"참 이상하지만 말이야. 저 굴 따는 사람, 쥘을 많이 닮았어."

어머니가 어리둥절해져서 물으셨지.

"쥘이라니요?"

아버지가 대답하셨어.

"아니… 내 동생 말이야… 미국에서 잘 지내고 있다는 걸 몰랐다면 저 사람이 쥘이라고 바로 믿었을 거야."

어머니가 질겁한 표정으로 더듬거리며 말씀하셨어.

"당신 미쳤어요! 쥘이 아니라는 걸 뻔히 알면서도 왜 그런 소리를 해요?"

그런데 아버지는 고집을 부리셨어.

"가서 한번 봐, 클라리스. 당신 눈으로 직접 확인하는 게 좋겠어."

어머니는 일어나 딸들 쪽으로 갔어. 나 역시 그 남자를 바라보았지. 늙고 지저분하며 주름투성이였어. 작업에 몰두하느라 한눈도 팔지 않더라고.

어머니가 돌아왔어. 난 어머니가 떨고 있다는 걸 알아차렸지. 어머니는 아주 빠르게 말씀하셨어.

"나도 그 사람인 것 같아요. 선장한테 가서 알아봐요. 하지만 조심해요. 저 망나니가 우리와 얽히는 일은 없어야 하니까!"

아버지는 멀어져 갔고 나는 그 뒤를 따랐어. 이상하게도 마음이 울렁거렸지.

선장은 키가 크고 마른 신사로 긴 구레나룻을 하고 있었고 마치 특급 여객선을 지휘하는 사람처럼 거드름을 피우며 갑판을 거닐고 있었어.

아버지는 정중하게 선장에게 다가가 그의 직업에 대해서 칭찬을 곁들여서 묻기 시작했지.

"저지섬에서 중요한 것은 뭔가요? 특산물? 사람들? 풍습인가요? 아니면 관습은요? 토양은 어떤지…" 등등.

마치 미국 전체에 대해 묻는 것처럼 보였어.

그러고는 우리가 타고 있는 배, 익스프레스호에 관한 이야기가 나왔고 이어서 선원들에 관한 이야기로 넘어갔지. 아버지는 마침내 떨리는 목소리로 물었어.

"여기 굴 까는 노인이 있던데, 꽤 흥미로워 보이더군요. 그 사람에 대해 아시는 게 있습니까?"

대화가 점점 성가셔지던 선장은 퉁명스럽게 대답했어.

"작년에 미국에서 만난 프랑스 노숙자요. 내가 데려왔죠. 르아브르에 친척이 있다고 하던데 빚 때문에 돌아가고 싶어 하지 않았소. 이름은 쥘이랍니다… 쥘 다르망슈인가 다르방슈인가 머 그 비슷한 건데. 거기서 한때 부자였다고 하는데 지금은 뭐 처지가 저렇게 된 거죠."

얼굴이 창백해진 아버지는 목이 메고 넋이 나간 눈으로 말을 더듬었어.

"아! 아! 그렇군요… 거 참… 놀라울 것도 없는 이야기네요. 말씀 감사합니다, 선장님."

아버지는 자리를 떠났고 선장은 아버지가 아연실색해져서 멀어지는 모습을 지켜봤어.

아버지가 일그러진 표정으로 돌아오자 어머니가 말했어.

"앉아요. 누가 보기라도 하겠어요."

아버지는 의자에 털썩 주저앉아 더듬거리며 말했어.

"그 애가 맞아, 분명 그 애야!"

그러고는 물었어.

"우리 이제 어떻게 해야 할까?"

어머니는 재빨리 대답했어.

"애들을 멀리 떨어뜨려 놔야 해요. 조제프는 이미 다 알았으니 가서 다른 아이들을 데려와야죠. 특히 사위가 눈치채지 못하게 조심해요."

아버지는 깜짝 놀란 것 같았어. 중얼거리며 말했지.

"이런 낭패가 있나!"

어머니는 갑자기 분노에 차서 덧붙였어.

"나는 늘 짐작하고 있었어요. 저 사기꾼이 결국 아무것도 안 하고 돌아와 우리에게 짐이 될 거라고! 다브랑슈 집안에서 뭘 기대할 수 있겠어요…!"

아버지는 어머니의 꾸중을 들을 때마다 그랬듯이 손으로 이마를 문질렀어.

어머니가 덧붙였어.

"조제프에게 돈을 줘서 지금 당장 굴값을 내라고 해요. 저 거지가 우리를 알아볼지도 모르잖아요. 그런 일이 배 위에서 벌어졌다가는 아주 꼴이 좋겠네요. 저 끝으로 가요. 그 사람이 우리 쪽으로 못 오게 해요!"

어머니는 자리에서 일어났고 나에게 100수 짜리 동전 하나를 건네주고 아버지와 자리를 뜨셨어.

누이들은 놀라서 아버지를 기다리고 있었어. 누이들에게 어머니가 바닷바람 때문에 몸이 좀 불편해졌다고 둘러댔고 굴을 까던 노인에게 물었어.

"굴값이 얼마인가요?"

나는 마음속으로 '삼촌'이라고 부르고 싶었어.

그가 대답했어.

"2프랑 50상팀이오."

나는 100수 짜리 동전을 건넸고 그는 잔돈을 거슬러 주었지.

나는 그의 손을 바라보았어. 주름투성이에 가엾은 뱃사람의 손이었지. 그리고 얼굴도 바라보았는데 늙고 불쌍한 얼굴, 슬프고 지쳐 있는 얼굴이더군. 나는 속으로 말했어.

'우리 삼촌이야. 아버지의 형제, 내 삼촌.'

그에게 10수를 팁으로 건넸더니 내게 고맙다고 했어.

"하느님의 축복이 있기를, 젊은 신사분!"

그 말투가 마치 구걸하는 사람이 동냥을 받았을 때 목소리였어. 삼촌이 거기서 구걸까지 했겠구나 싶었지!

누이들은 내가 팁을 주는 걸 보고 놀라서 나를 쳐다봤어.

아버지에게 2프랑을 돌려드리자 어머니는 이상하다는 듯이 물었어.

“굴값이 3프랑이나 한단 말이야? 말도 안 돼.”

나는 단호하게 이렇게 말했어.

“팁으로 10수를 드렸어요.”

그러자 어머니는 깜짝 놀라며 내 눈을 똑바로 바라보았지.

“너 미쳤구나! 저런 거지한테 10수나 주다니…!”

하지만 어머니는 아버지가 사위를 가리키며 눈길을 보내자 말을 멈췄어.

그러고는 모두 입을 다물었지.

우리 앞으로 펼쳐진 수평선 너머로 보랏빛 그림자가 바다에서 솟아오르는 것이 보였어. 저지섬에 도착한 거야.

부두에 가까워지자 마음속에 강한 욕망이 일었어. 쥘 삼촌을 다시 한번 보고 싶다, 가까이 가서 따뜻한 말 한마디 건네고 싶다고 말이야.

하지만 굴을 먹는 사람도 더 이상 없고 그도 이미 자리를 떠난 후였어. 아마도 불쌍한 삼촌은 자기가 머무는, 악취 나는 배 밑바닥으로 내려간 모양이었어.

우리는 삼촌과 다시 마주치지 않으려고 생말로행 배를 타고 돌아왔어. 어머니는 불안해서 안절부절못했지.

그 이후로 나는 삼촌을 다시는 보지 못했어.

그래서 내가 가끔 거지에게 100수를 주는 거라네.

들에서

Aux champs

들에서

Aux champs

옥타브 미르보에게

언덕 기슭에, 작은 온천 마을 가까이에 두 개의 초가집이 나란히 있었다. 두 농부는 척박한 땅을 힘들게 일구며 아이들을 키우고 있었다. 집마다 아이가 넷씩 있어서 이웃한 두 집 문 앞에는 아침부터 저녁까지 아이들이 바글거렸다. 큰아이 둘은 여섯 살, 막내들은 열다섯 달쯤 된 아기들이었다. 두 집에서는 결혼과 출산이 동시에 일어났던 것이다.

두 어머니는 아이들 무리 속에서 제 자식을 겨우 가려냈고 두 아버지는 아예 구별하지도 못했다. 여덟 개의 이름이 머릿속에서 두서없이 뒤섞였고 한 아이를 부를 때면 다른 아이의 이름을 세 번 정도 잘못 부르고 나서야 제대로 부를 수 있었다.

롤포르 온천에서 나오는 길에 첫 번째 집에는 튀바슈 부부가 살고 있었고 자녀는 딸 셋과 아들 하나가 있었다. 그 옆집에는 발랭 부부가 살고 있었고 딸 하나에 아들이 셋이 있었다.

두 가족은 모두 수프, 감자 그리고 신선한 공기를 주식으로 삼아 힘겹게 살아가고 있었다. 아침 7시, 정오, 저녁 6시가 되면 부인들은 아이들을 모아 밥을 먹였는데 그 모습이 마치 거위 치기들이 거위를 불러 모으는 것 같았다. 그러면 아이들은 50년은 족히 사용해 반질반질해진 나무 식탁에 나이순으로 앉았다. 막내는 식탁 끝에 겨우 입이 닿았다. 그들 앞으로 감자와 양배추 반쪽 그리고 양파 세 개를 넣고 끓인 수프와 빵을 우묵한 접시에 담아 내놓았다. 한 줄로 앉은 아이들은 배가 고프지 않을 정도만 먹을 수 있었다. 막내는 어머니가 직접 떠먹여 주었다. 일요일에는 고기를 넣고 수프를 끓여 먹었는데 그것은 모든 식구에게는 축제와도 같았다. 아버지는 그날만큼은 식탁에 오래 머물며 이렇게 말하고는 했다. "이런 걸 매일 먹을 수 있다면 좋겠어."

8월의 어느 날 오후, 작은 마차 한 대가 두 초가집 앞에 갑자기 멈춰 섰다. 마차를 직접 몰던 젊은 여자가 옆에 앉아 있던 남자에게 말했다.

"오! 앙리, 저 애들 좀 봐요! 귀엽기도 해라! 먼지 속에서 저렇게 뒤엉켜 놀고 있네요!"

남자는 대답하지 않았다. 그런 감탄이 그에게는 아픔이자

비난처럼 느껴졌고 그런 감정에 이미 익숙해져 있었다.

젊은 여자가 말을 이었다.

"꼭 안아주고 싶어! 아! 나도 저런 아이가 하나 있다면. 저기 봐봐요, 제일 작은 아기 말이에요."

그녀는 마차에서 뛰어내려 아이들 쪽으로 달려가더니 막내 둘 중 뒤바슈네 아이를 들어 올리고 더러운 볼, 흙이 묻은 금발 곱슬머리, 성가신 듯 휘젓는 작은 손에 열렬히 입을 맞추었다.

그런 다음 그녀는 다시 마차에 올라타더니 급히 떠났다. 그러나 다음 주에 다시 찾아왔다. 이번에는 땅바닥에 앉아서 막내를 품에 안고 과자를 먹이고 다른 아이들에게도 사탕을 나눠주었다. 그러고는 마치 어린애처럼 아이들과 함께 놀았다. 그러는 동안 남편은 소형 마차에서 묵묵히 기다리고 있었다.

그녀는 다음에도 또 찾아왔고 이번에는 아이 부모들과도 인사를 나누었다. 그 후로는 매일 같이 찾아왔는데 주머니에는 과자와 동전으로 가득했다.

그녀는 앙리 뒤비에르 부인이었다.

어느 날 아침, 그녀가 도착했을 때 이번에는 남편도 함께 마차에서 내렸다. 그녀는 부쩍 친해진 아이들에게는 눈길도 주지 않은 채 곧장 농부의 집으로 들어섰다.

그때 농부 부부는 수프를 끓일 장작을 패고 있었다. 그녀가 들어오자 놀란 듯 몸을 일으켜 의자를 내주고 가만히 기다렸다. 잠시 후, 뒤비에르 부인이 떨리는 목소리로 말을 시작했다.

"제가 여기 계신 좋은 분들을 찾아온 이유는… 그게… 제가 데려가고 싶어서요… 당신들의 막내 아이를요…"

시골 부부는 깜짝 놀라서 아무 대답도 하지 못했다.

그녀는 숨을 고른 뒤 말을 이었다.

"저희는 아이가 없어요. 남편과 저 둘뿐이죠… 그래서 그 아이를 키우고 싶은데… 허락해 주시겠어요?"

농부 부인은 그녀의 말을 이해하기 시작했다. 그녀가 물었다.

"샤를로를 데려가겠다는 거죠? 아이고, 안 돼요. 그럴 순 없죠."

그러자 뒤비에르 씨가 끼어들었다.

"아내가 설명을 잘못했습니다. 저희는 샤를로를 입양하고 싶습니다. 하지만 아이는 언젠가 여러분에게 돌아갈 거예요. 적응을 잘한다면 아이는 잘 자랄 겁니다. 그러면 저희의 상속인이 될 거고요. 만약 저희에게 아이가 생긴다면 그 아이와도 상속을 나누게 될 겁니다. 그런데 아이가 적응하지 못하면 성인이 되는 해에 2만 프랑을 지급할 생각입니다. 이 돈은 아이 이름으로 공증을 받을 겁니다. 그리고 여러분도 생각해서 평생 매달 100프랑을 연금으로 드릴 생각입니다. 이해가 되셨나요?”

농부의 아내가 격분하며 벌떡 일어났다.

“우리 샤를로를 팔라는 건가요? 아! 말도 안 돼요! 그런 말은 엄마한테 하는 게 아니에요! 아, 절대 안 돼요! 끔찍한 짓이에요.”

남자는 아무 말 없이 진지하게 생각하고 있다가 이내 고개를 계속 끄덕이며 아내의 말에 동의했다.

뒤비에르 부인은 절망에 빠져 울음을 터뜨렸다. 남편을 돌아보더니 눈물을 흘리며 말했다. 마치 처음으로 거절당한 아이 같은 목소리였다.

“앙리, 이분들이 싫으시대요. 안 된대요!”

그래서 그들은 마지막으로 다시 설득을 시도했다.

“하지만 여러분, 아이의 미래와 행복을 생각해 보세요. 그리고…”

농부의 아내는 분노에 찬 얼굴로 말을 잘랐다.

“다 보고 다 듣고 다 생각해 봤어요… 그러니 이제 가세요. 다신 근처에도 오지 마세요. 그렇게 아이를 데려가겠다는 게 말이 되나요!”

그러자 뒤비에르 부인은 밖으로 나가면서 작은 아기가 둘이라는 사실을 떠올렸다. 그녀는 눈물을 흘리면서도 물었다. 절대 기다릴 줄 모르고 원하는 건 얻어야만 직성이 풀리는 끈질긴 태도였다.

“그런데 저기 있는 아이는 당신네 아이가 아니죠?”

튀바슈 씨가 대답했다.

“네. 이웃집 아이요. 원하신다면 가보세요.”

그리고 그는 다시 집으로 들어갔다. 집안에서는 아내가 분노에 찬 목소리로 소리를 지르고 있었다.

한편 발랭 집에서는 식구들이 식탁에 모여 앉아 접시에 놓인 버터를 칼끝으로 아껴 바르며 천천히 빵 조각을 먹고 있었다.

뒤비에르 씨는 똑같이 제안했다. 그러나 이번에는 조금 더 은근하게 돌려서 신중하게 말을 시작했다.

두 사람은 고개를 저으며 거절하는 듯했다. 그런데 매달 100프랑의 연금을 받게 된다는 말을 듣자, 둘은 서로를 바라보며 눈빛으로 상의했고 마음이 크게 흔들렸다.

부부는 갈등하면서 오랫동안 침묵했다. 마침내 여자가 물었다.

“하고 싶은 말이 뭔가요?”

뒤비에르 씨는 거만한 말투로 대답했다.

“절대 나쁘지 않은 제안일 겁니다.”

그러자 불안에 떨고 있던 뒤비에르 부인은 아이의 미래와 행복 그리고 나중에 아이가 두 사람에게 얼마나 많은 돈을 가져다줄 수 있는지를 이야기했다.

농부가 물었다.

“좋소, 1,200프랑. 공증을 받아 주는 거요?”

뒤비에르 씨가 대답했다.

“물론입니다. 내일 당장 그렇게 하지요.”

생각에 잠겨 있던 농부 아내가 다시 입을 열었다.

“매달 100프랑에 아이를 내줄 수는 없어요. 몇 년 지나면 아이도 일할 수 있으니까. 120프랑은 받아야겠는데.”

초조함에 발을 동동 구르던 뒤비에르 부인은 바로 그 요구를 받아들였다. 당장 아이를 데려가고 싶어서 남편이 문서를 작성하는 동안 부모에게 선지급으로 100프랑을 건넸다. 마을 촌장과 이웃 사람이 증인으로 불려 왔다.

그리고 뒤비에르 부인은 상점에서 갖고 싶던 장식품을 산 것처럼 우는 아이를 안고 떠났다.

튀바슈 부부는 문 앞에 서서 말없이 굳은 표정으로 떠나는 그들을 지켜보았다. 어쩌면 조금의 후회가 서린 듯했다.

그 뒤로 막내 장 발랭의 소식은 전혀 들리지 않았다. 부모는 매달 공증인으로부터 120프랑씩 연금을 받았다. 튀바슈네와는 사이가 틀어졌다. 튀바슈 부인이 발랭 부부에 대해 입에 담기 힘든 말들을 퍼부었기 때문이다. 마을을 돌아다니면서 자식을 팔아넘긴 부모라며 끔찍한 짓을 저질렀고 더럽고 부도덕하다고 욕했다.

그리고 때로는 샤를로를 보란 듯이 품에 안고 마치 아이가 그 말을 알아듣기라도 하는 것처럼 외쳤다.

"나는 너를 안 팔았단다. 그래, 안 팔았어, 내 새끼. 나는 자식을 팔지 않아, 아무렴. 가난해도 자식은 안 판단다."

그 후로 수년 동안, 아니 수년이 지나도록 매일 그랬다. 매일 이웃집에 들으라는 듯이 일부러 문 앞에서 비난을 퍼부었다. 튀바슈 부인은 아이를 팔지 않았다는 사실 하나로 마을에서 가장 고결한 존재가 되었고 사람들은 그녀에 대해 이렇게 말했다.

"진짜 솔깃한 제안이었지. 그래도 저 여자는 어미 노릇을 제대로 한 거지."

사람들은 튀바슈 부인을 칭찬했고 샤를로는 어느덧 열여덟 살이 되었다. 그는 어릴 적부터 이런 말들을 끊임없이 들으면서 자랐다. 그래서 자신은 팔리지 않은 아이이며 다른 친구들보다 우월한 존재라고 여겼다.

발랭 가족은 연금 덕분에 근근이 살아갈 수 있었다. 그런 모습을 보면서 여전히 가난에 시달리던 튀바슈네의 분노는 사라질 줄 몰랐다.

튀바슈네 장남은 군 복무를 하러 떠났고 둘째 아들은 죽었다. 샤를로는 혼자 남아 늙은 아버지를 도와가며 어머니와 두 여동생을 부양하고 있었다.

그가 스물한 살이 되던 어느 날 아침, 번쩍거리는 마차 한 대가 두 초가집 앞에 멈춰 섰다. 금시계 줄을 늘어뜨린 젊은 신사가 내리더니 백발의 노부인에게 손을 내밀어 부축했다. 노부인이 말했다.

"저 집이란다, 아가. 두 번째 집이야."

그는 마치 자기 집처럼 자연스럽게 발랭네 초가집으로 들어갔다.

집 안에서는 노모가 앞치마를 빨고 있었고 병든 아버지는 난로 옆에서 졸고 있었다. 두 사람은 고개를 들었다. 그러자 젊은 남자가 말했다.

"안녕하세요, 아버지. 안녕하세요, 어머니."

그들은 놀란 얼굴로 벌떡 자리에서 일어났다. 농부 아내는 너무 놀라서 비누를 물속에 떨어뜨렸다. 그리고 더듬거리며 말했다.

"정말 너니, 우리 아가? 정말 너야?"

그는 어머니를 끌어안고 입을 맞추며 되풀이했다. "안녕하세요, 어머니." 옆에서 아버지가 몸을 떨면서 마치 지난달에 봤던 것처럼 차분하게 말했다. "돌아온 거니, 장?"

아들을 만난 뒤, 부모는 아들과 곧장 마을로 갔다. 사람들에게 보여주고 싶어서 촌장, 부촌장, 신부님 그리고 교사에게까지 데려갔다.

한편 샤를로는 자기 초가집 문턱에 서서 그가 지나가는 것을 바라보았다.

샤를로는 저녁을 먹으면서 노부모에게 이렇게 말했다.

"발랭네에서 아이를 넘겨주게 놔두다니, 참 어리석었어요."

어머니는 완강하게 대답했다.

"우리 아이를 팔고 싶지 않았어."

아버지는 아무 말도 하지 않았다. 그러자 아들이 다시 말했다.

"이렇게 희생당하는 건 참 안타까운 일이에요."

그러자 아버지는 화가 나서 또박또박 말했다.

"우리가 널 키웠다고 탓하는 거냐?"

그러자 아들이 거칠게 내뱉었다.

"그래요, 탓하는 거예요. 두 분은 멍청했어요. 부모가 그러니까 자식 인생도 망가지는 거예요. 그러니 제가 두 분을 떠나더라도 당연한 일이고요."

어머니는 접시를 앞에 두고 울음을 터뜨렸다. 울면서 수프를 몇 숟가락 뜨다가 절반이나 흘렸다.

"죽어라 고생해서 자식 키워 봤자 다 소용없구나!"

그러자 아들이 가차 없이 쏘아붙였다.

"이렇게 살 바에야 차라리 태어나지 않는 게 나았어요. 아까 개를 보는데 정말 피가 거꾸로 솟더라고요. 속으로 생각했죠. '저게 바로 지금의 내 모습이었을 텐데.' 싶더군요."

그는 자리에서 일어났다.

"자, 계속 이렇게 살면 안 될 것 같아요. 그러다가는 아침부터 밤까지 부모님을 원망할 거고 결국 두 분 삶까지 고통스러워질 거예요. 그건 안 될 일이죠. 저를 용서하지 않을 테고요!"

두 노인은 망연자실한 얼굴로 말없이 눈물만 흘렸다.

그가 말을 이었다.

"이런 생각이 냉정하다고 느끼실 수도 있어요. 하지만 나가서 제 인생을 찾는 게 나을 것 같아요."

그가 문을 열었다. 웃고 떠드는 소리가 집안까지 들려왔다.

발랭네가 돌아온 아이를 맞아 잔치를 벌이고 있던 것이다.

그러자 샤를로는 발을 쿵쿵 구르더니 외쳤다.

"촌사람들이란!"

그러고는 어둠 속으로 사라져 버렸다.

오를라

Le Horla

오를라

Le Horla

5월 8일

정말 멋진 하루였다! 나는 아침 내내 집 앞 잔디에 누워 있었다. 집 전체를 덮고 보호하며 그늘을 만들어 주는 거대한 플라타너스 아래서 말이다. 나는 이 고장을 사랑한다. 그리고 이곳에서 사는 것을 좋아한다. 깊고 예민한 내 뿌리가 이 땅에 내리고 있기 때문이다. 그 뿌리는 조상들이 태어나고 죽은 이 땅에 인간을 결속시키고 생각하는 것과 먹는 음식, 풍습과 먹거리, 방언, 농부들의 억양, 흙과 땅 그리고 공기 자체의 냄새까지 연결해 준다.

나는 내가 자란 이 집이 좋다. 창문 너머로 보이는 센 강은 내 집 가까이에서 정원을 따라 흐른다. 루앙에서 르아브르까지 이어지는 크고 넓은 센 강에는 수많은 배가 지나간다.

왼편 저 멀리에는 루앙이 있다. 파란 지붕들이 펼쳐진 대도

시로, 뾰족한 고딕 양식의 첨탑들로 덮여 있다. 헤아릴 수 없이 많은 첨탑은 가느다란 것부터 굵직한 것까지 섞여 있는데 그 위로 주철 첨탑이 솟아 있다. 그리고 그 안에는 수많은 종이 있어 아름다운 아침의 파란 하늘 속에서 그 울림이 퍼진다. 멀리서 들려오는 종들의 부드러운 쇠 울림, 청동의 노랫소리가 바람을 타고 내게 전해져 오는데 바람이 세거나 잔잔함에 따라 때로는 크게 또는 희미하게 들려 온다.

아, 오늘 아침은 얼마나 상쾌했던가!

11시쯤 되었을 때 배들의 긴 행렬이 내 울타리 앞을 지나갔다. 파리만큼 작아 보이는 예인선 한 척이 그 배들을 이끌고 숨을 몰아쉬면서 두꺼운 연기를 내뿜으며 거대한 무리를 이끌고 있었다.

붉은 깃발을 휘날리는 영국의 소형 범선 두 척이 지나간 뒤, 눈부신 세 개의 돛을 가진 브라질 범선이 나타났다. 나는 왜인지 모르지만 그 배를 보는 것만으로도 기분이 좋아져서 손을 흔들었다.

5월 12일

며칠 전부터 미열이 있다. 몸이 아프다. 아니 울적하다.

우리의 행복을 낙담으로, 우리의 신뢰를 절망으로 바꿔 버리는 이 신비한 영향들은 대체 어디에서 오는 것일까. 공기, 보이지 않는 공기에 우리가 굴복하는 불가사의한 힘, 알 수 없는 힘이 가득하다고 말할지도 모르겠다. 나는 기쁨으로 가득 차, 목구멍에서 노래가 터져 나오려는 듯한 기분으로 잠에서 깬다. 왜일까? 나는 물가를 따라 내려간다. 그러다 갑자기, 짧은 산책을 마치고 돌아올 때면 집에 어떤 불행이 기다리고 있지는 않을지 마음이 서늘해진다. 왜일까? 내 피부를 스치는 한기가 내 신경을 뒤흔들고 내 영혼을 어둡게 한 것일까? 그것은 구름의 모양 때문일까 아니면 한낮의 빛깔, 사물들의 빛깔, 끊임없이 변하는 빛깔들이 내 눈을 거쳐 내 생각을 어지럽히는 것일까? 어찌 알 수 있을까? 우리를 둘러싼 모든 것, 우리가 보면서도 바라보지 않는 모든 것, 우리가 스치면서도 알지 못하는 모든 것, 우리가 만져보고도 느끼지 못하는 모든 것, 마주쳐도 분간하지 못하는 모든 것이 우리에게, 우리의 감각기관에, 그리고 그 감각기관을 통해서 우리의 생각, 우리의 마음 깊은 곳에까지 빠르고도 불가해한 흔들림을 전해주는 것은 아닐까.

보이지 않는 것에 이러한 신비로움이 있다니 얼마나 심오한가! 우리의 미천한 감각으로는 헤아릴 수 없다. 너무 작거나, 너무 크거나, 너무 가깝거나, 너무 먼 것, 혹은 별의 거주자들이나 물방울 속의 거주자들을 결코 알아볼 줄 모르는 우리의 눈으로는… 공기의 진동으로 소리를 전달해 주지만 우리를 속이고 있는 귀도 마찬가지다. 귀는 마치 요정 같아서 움직임을 소리로 바꾸는 기적을 행하고 그 변형을 통해 음악을 낳아 자연의 조용한 움직임을 노래하게 만들고… 개보다 못한 우리의 후각도… 와인의 숙성 기간만을 가려낼 수 있는 우리의 미각도 그렇다!

아! 또 다른 기적을 행해줄 다른 기관들이 우리에게 있다면 우리 주변에서 얼마나 더 많은 것을 발견할 수 있을까!

5월 16일

나는 아픈 게 틀림없다! 지난달만 해도 그렇게 건강했는데! 지금은 열이 난다. 끔찍한 열, 아니 오히려 육체만큼 영혼을 괴롭게 만드는 신경과민 상태다. 위험이 끊임없이 나를 덮쳐오는 듯한 느낌, 다가올 불행이나 죽음에 대한 불안, 그것은 아직 이름조차 모르는 병이 이미 피와 살 속에서 움트고 있다는 증조일 것이다.

5월 18일

도저히 잠을 이룰 수 없어서 방금 병원에 갔다. 의사는 맥박이 빠르고 동공이 확장되어 있으며 신경이 곤두서 있지만 딱히 우려할 만한 증상은 없다고 했다. 냉수욕을 하고 포타슘 신경안정제를 복용해야 한단다.

5월 25일

차도가 없다! 내 상태는 정말 이상하다. 마치 밤이 내게 무서운 위협을 숨기고 있는 것처럼 저녁이 다가올수록 불안이 엄습한다. 서둘러 저녁을 먹고 책을 읽어보려고 하지만 글자가 눈에 들어오지 않고 뜻도 이해되지 않는다. 나는 혼란스럽고도 저항할 수 없는 두려움에 눌려 거실을 이리저리 걷는다. 잠에 대한 두려움, 침대에 대한 두려움 때문이다.

밤 10시쯤 나는 방으로 올라간다. 방에 들어서자마자 재빨리 열쇠를 두 번 돌려서 문을 잠근다. 나는 두렵다… 무엇이 두려운 걸까?… 지금껏 아무것도 두려워한 적이 없는데… 나는 옷장을 열어보고 침대 밑을 살핀다. 귀를 기울인다… 귀를 기울인다… 그런데 무엇에?… 단순한 불쾌감, 아마도 혈액순환 문제, 신경섬유 한 가닥에 미친 자극, 약간의 충혈, 아니면

이처럼 불완전하고 섬세한 생명 기계의 기능에 아주 작은 장애가 가장 명랑한 사람을 우울한 사람으로, 가장 용감한 사람을 겁쟁이로 만들 수 있다니, 참으로 이상하지 않은가? 그리고 나는 잠자리에 누워 마치 사형집행인을 기다리는 듯이 잠을 기다린다. 잠이 오는 것이 두려워 잠을 기다린다. 심장은 뛰고 다리는 떨린다. 이불 속에서 온몸이 떨리다가 마침내 나는 갑자기 잠 속으로 빠져든다. 마치 고여 있는 물웅덩이 속으로 빠져들어 익사하듯이 곤두박질친다. 예전처럼 잠이 다가오는 것을 느끼지 못한다. 이 교활한 잠은 내 곁에 숨어서 나를 엿보다가 내 머리를 움켜쥐고 눈을 감기고 소멸시킬 것이다.

나는 잠을 잔다 — 오래 — 두세 시간쯤 — 그러다 꿈을 — 아니, 악몽을 꾼다. 나는 분명 내가 누워서 자고 있음을 느낀다… 나는 그것을 느끼고, 알고 있다… 그리고 누군가 내게 다가와 나를 바라보고 더듬고 침대에 올라와 내 가슴 위에 무릎을 꿇고 두 손으로 내 목을 움켜쥐고 조른다… 조른다… 온 힘을 다해 조른다.

나는 꿈속에서 우리를 마비시키는 끔찍한 무력감에 사로잡힌 채 몸부림친다. 나는 소리를 지르려고 하지만 — 소리가 나오지 않는다 — 몸을 움직이려고 하지만 — 움직일 수가 없다.

나는 숨을 몰아쉬고 몸을 뒤척이고 나를 짓누르면서 숨 막히게 하는 그 존재를 떨쳐내려고 필사적으로 애쓰지만 ─ 그럴 수 없다!

그러다 나는 땀에 흠뻑 젖은 채 정신이 아득해져 갑자기 잠에서 깨어난다. 나는 촛불을 켠다. 나는 혼자다.

매일 밤, 이런 발작이 되풀이된 후에야 나는 비로소 고요하게 새벽까지 잠을 잔다.

6월 2일

내 상태는 더 악화되었다. 도대체 내게 무슨 일이 벌어지고 있는 것일까? 신경안정제도, 냉수욕도 아무런 효과가 없다. 이미 지칠 대로 지친 몸을 더 피곤하게 만들기 위해서 좀 전에 루마르 숲을 산책하러 나갔다. 처음에는 풀과 나뭇잎 향이 가득한, 상쾌하고 부드러운 공기가 내 혈관 속에 새로운 피를, 내 심장에 새로운 활력을 불어넣는 듯했다. 넓은 사냥길로 접어들어 라 부이유 쪽으로 방향을 틀었다. 두 줄로 늘어선 거목들은 하늘과 나 사이에 두껍고 거무스름한 초록색 지붕을 만들었다.

갑자기 한기가 나를 덮쳤다. 그것은 추위 때문이 아니라 이상한 불안의 한기였다.

이 숲에 혼자 있다는 사실이 걱정되어 발걸음을 서둘렀다. 이유 없이, 어리석게도 깊은 고독감에 사로잡혀 두려웠다. 갑자기 누군가가 내 몸에 닿을 정도로 바짝 쫓아오고 있다는 느낌이 들었다.

나는 휙 돌아섰다. 나는 혼자였다. 내 뒤에는 넓고 곧게 뻗은 길만이 있었다. 그 길에는 아무도 없었고 오싹하리만치 텅 비어 있었다. 반대편으로도 길은 똑같이 계속 이어져 있었고 똑같이 음산했다.

나는 눈을 감았다. 왜일까? 그리고 팽이처럼 한 발을 중심으로 아주 빠르게 뒤돌았다. 넘어질 뻔했다. 눈을 떴다. 나무들이 춤을 추고 있었고 땅은 흔들렸다. 나는 어딘가에 앉아야만 했다. 그러고는, 아! 나는 어디에서 왔는지 전혀 알 수가 없게 되었다! 이상하다! 이상해! 이상한 생각이야! 나는 전혀 알 수 없었다. 나는 오른쪽으로 발길을 돌렸고 숲속 한가운데로 나를 이끌었던 그 큰길로 다시 돌아왔다.

6월 3일

밤은 끔찍했다. 나는 몇 주 동안 떠나 있을 것이다. 어쩌면 짧은 여행을 다녀오면 회복될지 모른다.

7월 2일

돌아왔다. 나는 다 나았다. 게다가 아주 즐거운 여행이었다. 나는 난생처음 몽생미셸에 가보았다.

해 질 무렵 아브랑슈에 도착했을 때 그 광경이란! 도시는 언덕 위에 있었고 시내 끝에 있는 공원으로 안내 받았다. 나는 놀라움에 탄성을 내질렀다. 내 앞에 펼쳐진 드넓은 만은 저 멀리 안개 속으로 사라지는 양쪽 해안 사이로 까마득히 이어졌다. 황금빛으로 밝은 하늘 아래, 거대한 노란 빛의 만 한가운데에 모래 사이로 기이하고 뾰족한 산 하나가 우뚝 솟아 있었다. 태양은 막 사라졌고 아직 불타는 듯한 수평선 위로 환상적인 바위산의 윤곽이 선명하게 드러나 있었는데 그 꼭대기에는 환상적인 기념물이 세워져 있었다.

다음 날 새벽, 나는 그곳으로 향했다. 바다는 전날 저녁과 마찬가지로 잔잔했고 다가갈수록 우뚝 솟아 있는 놀라운 수도원의 모습이 보였다. 몇 시간 동안 걸은 끝에 거대한 암반에 다다랐다. 그 위에는 거대한 성당이 작은 마을을 내려다보고 있었다. 좁고 가파른 길을 올라서 마치 도시처럼 넓은 땅 위로 신을 위해 지어진 가장 경이로운 고딕 건물에 들어섰다. 아치형의 낮은 방들과 가느다란 기둥이 지탱하는 높은 회랑으로 가득했다. 나는 레이스처럼 가벼운 화강암 보석으로 이뤄진 거대한 건물 안으로 들어갔다. 그곳은 탑들과 날씬한 첨탑들로 덮여 있고 안에는 구불구불한 계단이 있었다. 낮에는 푸른 하늘로 밤에는 검은 하늘로 기괴한 머리들을 내밀고 있는데 키메라, 악마, 상상 속 괴물들, 기괴한 꽃들로 장식되어 있었고 정교하게 세공된 아치들이 연결되어 있었다.

꼭대기에 올랐을 때 나를 안내해 준 수도사에게 말했다.

"수도사님, 여기서 생활하시니 얼마나 좋으시겠습니까!"

그가 대답했다.

"바람이 많이 거셉니다, 선생님."

우리는 바다가 모래 위를 달려 은빛 철갑으로 덮어버리는 광경을 보면서 이야기를 나누기 시작했다.

그리고 수도사는 이곳의 오래된 이야기들과 전설들, 어디에든 있는 전설들을 들려주었다.

그 이야기 중 하나에 깊은 인상을 받았다. 이곳 사람들, 산에 사는 이들이 말하기를 밤이 되면 모래 속에서 목소리가 들리고 이어서 두 마리의 염소가 우는 소리가 들린다고 한다. 한 마리는 큰 목소리로, 다른 한 마리는 작은 목소리로. 하지만 믿지 않는 사람들은 그것을 바닷새들의 울음소리라고 말한다. 어떤 때는 염소 울음 같고 어떤 때는 사람의 한탄 소리와 비슷했기 때문이다. 늦게까지 남아 있던 어부들은 외딴 작은 마을 근처에서 두 조수 사이에 모래 언덕을 배회하던, 나이가 지긋한 목동을 보았다고 맹세한다. 그는 머리를 외투로 가리고 있어서 얼굴은 볼 수 없었고 앞에서 걸으며 남자 얼굴을 가진 숫염소와 여자 얼굴을 가진 암염소를 끌고 다녔다. 두 염소 모두 긴 흰머리를 가졌으며 알 수 없는 언어로 쉴 새 없이 말다툼하다가 갑자기 소리를 멈추고 온 힘을 다해 울부짖는다고 한다.

나는 수도사에게 물었다. "그 이야기를 믿으십니까?"

그는 속삭였다. "모르겠습니다."

나는 되물었다. "지구상에 우리 말고 다른 존재들이 있다면 오랫동안 우리가 모를 리 있겠습니까? 수도사님은 어째서 못 보셨을까요? 저는 왜 못 봤을까요?"

그가 대답했다. "우리가 존재하는 것의 십만 분의 일이라도 볼 수 있을까요? 보십시오, 이 바람을. 그것은 자연의 가장 강력한 힘입니다. 사람을 쓰러뜨리고 건물을 무너뜨리며 나무를 뿌리째 뽑고 바다를 물의 산처럼 일으키며 절벽을 파괴하고 큰 배들을 암초로 내몰죠. 바람은 죽이고 휘파람을 불고 신음하고 울부짖는데 혹시 그 모습을 보셨는지요, 볼 수는 있으신지요? 그런데도 바람은 분명 존재합니다."

나는 이 명쾌한 논리 앞에서 말문이 막혔다. 이 사람은 현명할 수도 있지만 어쩌면 어리석은 사람일 수도 있었다. 어느 쪽인지 명확히 알 수 없어서 나는 잠자코 있었다. 그가 말한 것을 나는 종종 생각해 보았다.

7월 3일

잠을 제대로 자지 못했다. 이곳에는 분명 열병과 관련된 영향이 있는 것 같다. 내 마부도 나와 같은 병으로 고생하고 있기 때문이다. 어제 돌아오면서 그의 얼굴은 상하리만치 창백했다. 나는 그에게 물었다.

"무슨 일인가, 장?"

"잠을 잘 수가 없습니다, 어르신. 밤에 잠을 제대로 못 자니 낮에도 엉망입니다. 어르신이 떠난 이후로 마치 저주에 걸린 듯 계속 그런 상태예요."

다른 하인들은 건강했다. 그러나 나는 다시 병이 도질까 몹시 두렵다.

7월 4일

분명 나는 재발했다. 예전의 악몽이 돌아온 것이다. 어젯밤 나는 누군가가 내 위에 웅크리고 앉아서 입을 내 입에 대고 내 생명을 빨아들이는 것을 느꼈다. 그렇다. 그는 마치 거머리가 그러하듯, 내 목에서 생명을 빨아내고 있었다. 그러고는 그가 배가 부른 듯 일어나고 나서야 나는 잠에서 깼다. 나는 깊이 상처 입고 부서지고 무력해져서 몸을 움직일 수조차 없었다. 며칠 더 그런 상태가 계속된다면 나는 반드시 이곳을 떠나고 말리라.

7월 5일

나는 제정신이 아닌 것일까? 어젯밤에 일어난 일이, 내가 본 그 일이 너무도 이상해서 생각만 해도 머리가 어지럽다!

지금처럼 매일 밤 나는 문을 잠갔다. 그리고 목이 말라 물을 반 잔 마셨다. 그러다가 우연히 물병의 수정 마개까지 가득 찬 것을 보았다.

나는 다시 잠자리에 들었고 끔찍한 잠에 빠졌다. 두 시간쯤 후에는 더 끔찍한 충격에 놀라 잠에서 깨고 말았다.

상상해 보라, 꿈속에서 폐에 칼이 박히면서 살해당해 잠에서 깨어나 숨을 헐떡이는 모습을. 피투성이가 되고 더 이상 숨을 쉴 수 없어 죽어가면서도 그런 상황을 이해하지 못하는 모습을. 그런 사람이 여기 있다.

마침내 이성을 되찾은 나는 다시 갈증이 났다. 촛불을 켜고 물병이 놓여 있는 탁자로 갔다. 병을 들어 올려 잔 위로 기울였다. 그런데 아무것도 나오지 않았다. 물병은 비어 있었다! 그것도 완전히! 처음에는 도무지 이해되지 않았다. 그런데 갑자기 너무나 무서운 충격이 밀려와 의자에 앉을 수밖에 없었다. 아니 차라리 주저앉았다는 편이 맞을 것이다! 그러고는 벌떡 일어나 사방을 둘러보았다! 다시 주저앉아 투명한 컵을 앞에 두고 경악과 두려움에 사로잡혔다! 나는 잔에 시선을 고정한 채 멍하니 바라보면서 이해하려고 애썼다. 두 손이 부들부들 떨렸다! 누군가 이 물을 마신 것일까? 누구지? 나? 나일까? 나밖에 없지 않을까? 그렇다면 나는 몽유병자인가, 그것도 모르고 두 개의 삶을 살고 있었던가? 우리 안에 두 존재가 있는 것인지 아니면 알 수 없고 보이지 않는 낯선 존재가 가끔 우리 영혼이 마비되었을 때 육신을 사로잡고 지배하면서 우리 자신보다 더 강하게 명령하는 것은 아닌지 의심할 만한 두 개의 삶 말이다.

아! 누가 나의 이런 끔찍한 불안을 이해할 수 있을까? 멀쩡

하고 또렷이 깨어 있으며 이성이 온전한 사람이 투명한 물병을 바라보며 자는 동안 사라져 버린 물 때문에 공포에 휩싸이는 그 감정을 이해할까! 날이 밝을 때까지 침대로 돌아갈 엄두조차 내지 못한 채 그 자리에 꼼짝도 못 하고 있었다.

7월 6일

나는 미쳐가고 있다. 어젯밤에도 누군가 내 물병을 모두 비워버렸다. — 아니, 아마도 내가 마신 거겠지!

그런데 정말로 내가 그랬을까? 내가? 그럼 누구란 말인가? 누구? 오, 하느님! 내가 미쳐 버린 것인가? 누가 나를 구해줄까?

7월 10일

나는 방금 놀라운 실험을 해보았다.

나는 미친 게 분명하다! 그렇지만!

나는 7월 6일 잠자리에 들기 전에 탁자 위에 와인, 우유, 물, 빵 그리고 딸기를 올려두었다.

누군가 마셨다 — 내가 마셨겠지 — 물은 전부 없어지고 우

유는 조금 줄어 있었다. 하지만 와인, 빵, 딸기는 전혀 손대지
않았다.

7월 7일

같은 실험을 반복했는데 결과는 똑같았다.

7월 8일

이번에는 물과 우유를 치워두었다. 그 결과 아무것도 손대
지 않았다.

7월 9일

결국 나는 탁자 위에 물과 우유만 두었는데 이번에는 흰색
모슬린 천으로 물병들을 싸고 마개를 끈으로 묶어 두었다. 그
리고 내 입술과 수염, 손에는 흑연을 문질러 바르고 잠자리에
들었다.

이길 수 없는 잠이 나를 덮쳤고 곧 섬뜩한 기분에 깨어났
다. 나는 그대로 누워 있었다. 이불에는 어떤 흔적도 없었다.

나는 벌떡 일어나 탁자로 돌진했다. 병을 싸두었던 천은 깨끗했다. 나는 불안한 마음에 가슴이 떨렸고 그 끈을 풀었다. 누군가 물을 전부 마셨다! 우유도 전부 마셨다! 아! 하느님!…

나는 곧 파리로 떠날 것이다.

7월 12일

파리. 지난 며칠 동안 나는 정말 제정신이 아니었다! 분명히 극도로 예민해진 탓에, 상상력의 희생양이 된 것이다. 그렇지 않다면 나는 정말로 몽유병자이거나 지금까지 확인은 되었지만 설명되지 않은, 이른바 암시라는 것의 영향을 받은 것이리라. 어쨌든 내 혼란은 거의 광기에 다다랐으나 파리에서 보낼 하루는 나를 제자리로 돌려놓기 충분한 시간이다.

어제, 볼일을 보고 사람들을 만나면서 내 영혼에 신선한 활기를 불어넣었고 프랑스 국립 극장에서 저녁을 마무리했다. 극장에서 알렉상드르 뒤마의 연극이 상연되고 있었는데 날카롭고도 강렬한 연극이 나를 완전히 치유해주었다. 고독은 사색하는 지성인에게는 분명 위험하다. 곁에는 생각하고 말하는 사람들이 있어야 한다. 너무 오래 혼자 있으면 그 빈 곳을 유령이 채우게 된다.

나는 기쁜 마음으로 대로를 따라 호텔로 돌아왔다. 인파 속에서 부대끼면서 지난주에 내가 겪었던 공포와 의심들을 떠올렸는데 아이러니가 아닐 수 없다. 그렇다, 나는 믿었던 것이다. 보이지 않는 존재가 같은 지붕 아래서 살고 있다고 믿었다. 우리의 정신이란 얼마나 나약한지, 이해할 수 없는 사소한 사건 하나에도 쉽게 길을 잃고 마는 것이다!

"나는 이유를 알 수 없으니 이해하지 못한다."라고 간단하게 결론을 내릴 수도 있었을 터였다. 하지만 우리는 곧바로 끔찍한 의혹과 초자연적인 힘들을 상상해내고 마는 것이다.

7월 14일

프랑스혁명 기념일. 나는 거리를 거닐었다. 폭죽 소리와 깃발들을 보면서 나는 아이처럼 즐거웠다. 그런데 정부의 명령에 따라 정해진 날짜에 기뻐하는 것은 참으로 어리석은 일이다. 민중은 멍청한 무리다. 때로는 어리석을 정도로 인내하고 때로는 맹렬히 저항한다. "즐겨라."라고 말하면 즐기고 "이웃과 싸워라." 하면 싸운다. "황제에게 투표하라."라고 하면 황제에게 투표한다. 곧이어 "공화국에 투표하라." 하면 또 공화국에 투표한다.

그들을 이끄는 자들도 어리석다. 다만 사람에게 복종하는 대신 그들은 원칙에 복종한다. 그런데 그 원칙이라는 것, 즉 이 세상에서 확실하고 변하지 않는 것으로 여겨지지만 아무 것도 확신할 수 없는 세상에서는 어리석고 무익하고 거짓일 수밖에 없다. 빛조차 환상이고 소리도 환상이기 때문이다.

7월 16일

어제 나를 크게 뒤흔드는 일이 있었다.

사촌인 사블레 부인 댁에서 저녁을 먹고 있었다. 그녀의 남편은 리모주에 주둔한 76경보병연대의 지휘관이다. 그 자리에는 두 명의 젊은 여성이 함께 있었는데 그중 한 명은 의사인 파랑 박사와 결혼한 사람이었다. 파랑 박사는 신경계 질환과 기묘한 현상들을 주로 연구 중이었는데 최근 최면과 암시에 관한 실험에서 여러 현상이 나타났다.

그는 우리에게 오랫동안 영국의 과학자들과 낭시학파* 의사들이 거둔 놀라운 성과들에 대해 이야기해 주었다.

그가 말해준 사실들이 너무도 기이해서 나는 못 믿겠다고

*   19세기 프랑스 낭시 지역을 중심으로 형성된 학파로 최면과 암시 연구에 중점을 두었다.

했다.

"우리는 자연의 중요한 비밀 중 하나, 즉 이 지구상에서 가장 중요한 비밀을 발견하기 직전입니다. 물론 우주 저편 별들에는 훨씬 더 중요한 비밀들이 존재하겠지만요. 인간이 사유하기 시작한 이래로, 자기 생각을 말하고 글로 표현할 줄 알게 된 이후로 인간은 거칠고 불완전한 감각으로는 헤아릴 수 없는 신비와 마주하게 되었고 자기 지성을 발휘해 감각기관들의 무능을 보완하려고 애써온 존재입니다. 지성이 미성숙한 상태였을 때, 보이지 않는 현상을 향한 이러한 집착은 흔하면서도 무서운 형태로 나타났어요. 바로 그 지점에서 초자연에 대한 민간 신앙, 떠도는 영혼과 요정, 난쟁이, 유령에 대한 전설들이 생겨났죠. 신에 관한 전설까지도요. 이 창조적인 노동자에 대한 우리의 개념들이 어떤 종교에서 비롯되었든, 그것들은 모두 겁에 질린 피조물들의 뇌에서 나온 가장 평범하고 어리석으며 납득하기 어려운 발명일 뿐입니다. '신은 자신의 모습을 본떠서 인간을 창조했지만 인간은 그 모습을 신에게 되돌려주었다.'라는 볼테르의 말은 참으로 진실이죠."

"하지만 한 세기가 조금 넘는 동안, 우리는 새로운 무언가를 예감하게 된 것 같습니다. 메스머*와 몇몇 이들이 우리에게 뜻밖의 길을 열었고 특히 지난 4~5년 사이에 우리는 정말로 놀라운 성과를 얻었습니다."

내 사촌도 믿기 힘들다는 표정으로 웃고 있었다. 파랑 박사가 그녀에게 말했다.

"부인, 제가 최면을 시도해봐도 될까요?"

"네, 그러세요."

그녀는 안락의자에 앉았고 의사는 그녀를 응시하며 최면을 걸기 시작했다. 나는 갑자기 조금 혼란스럽고 심장이 뛰며 목이 조이는 것을 느꼈다. 사블레 부인의 눈이 무거워지고 입술이 오므라들며 숨을 헐떡이는 모습을 보고 있었다.

10분이 채 지나지 않아 그녀는 잠들었다.

"부인 뒤에 앉으세요." 하고 의사가 내게 말했다.

나는 그녀 바로 뒤에 앉았다. 의사는 그녀 손에 명함 한 장을 쥐여주며 말했다. "이것은 거울입니다. 무엇이 보이나요?"

그녀가 대답했다.

"내 사촌이 보여요."

"그는 무엇을 하고 있나요?"

"수염을 만지고 있어요."

"그럼 지금은요?"

---

*   18세기 후반 오스트리아 태생의 의사인 프란츠 안톤 메스머는 '동물 자기이론'을 주장했고 최면술의 선구자로 평가받는다.

"주머니에서 사진을 꺼내고 있어요."

"어떤 사진인가요?"

"자기 사진이에요."

그것은 사실이었다! 그 사진은 바로 전날 저녁 호텔로 보내준 것이었다.

"사진 속 모습은 어떻습니까?"

"손에 모자를 들고 있어요."

그녀는 마치 거울을 보듯이 하얀 명함 속에서 그 모습을 보고 있었다.

젊은 여성들이 소스라치며 소리쳤다. "그만! 그만 해요! 그만!"

그러나 의사는 명령했다. "내일 아침 8시에 일어나세요. 그 다음 사촌이 머무는 호텔에 가서 남편이 이야기한 5천 프랑을 빌려달라고 부탁하세요. 다음 여행에 필요한 돈이라고요."

그러고는 그녀를 깨웠다.

호텔로 돌아오면서 나는 이 기이한 최면술을 떠올리며 의심했다. 어린 시절부터 가족처럼 지내온 터라 사촌의 절대적이고 의심할 수 없는 진정성에 대한 의심이 아니었다. 오히려 의사가 어떤 속임수를 쓴 것은 아닐까 하는 의심이었다. 그는 명함을 들고 잠든 사촌에게 몰래 거울을 준 것은 아니었을까?

전문 마술사들은 더 신기한 일들을 해내니까 말이다.

그렇게 나는 호텔로 돌아와 잠자리에 들었다.

그런데 그날 아침 8시 반쯤, 직원이 나를 깨우며 말했다.

"사블레 부인이 지금 바로 선생님을 뵙고 싶어 하십니다."

나는 서둘러 옷을 입고 그녀를 맞았다.

그녀는 당황스러운 듯 고개를 숙이고 앉아 베일을 올리지 않은 채 내게 말했다.

"어려운 부탁이 있어요."

"무슨 부탁이죠?"

"말씀드리기 곤란하지만 그래도 해야만 해요. 저는 꼭 5천 프랑이 필요해요."

"정말요, 당신이요?"

"네, 저요. 아니 정확히 말하자면 남편이죠. 남편이 저에게 돈을 구해보라고 부탁했어요."

나는 너무나도 놀라서 말을 더듬으며 대답했다. 그녀가 정말 파랑 의사와 같이 나를 속이고 있는 것은 아닐까, 아니면 장난을 미리 준비하고 능숙하게 연기하고 있는 것은 아닐까 하는 의심이 들었다.

그런데 그녀를 자세히 바라보자 모든 의심이 사라졌다. 그녀는 그런 이유로 나를 찾아온 것이 괴로워 몸을 떨고 있었고 울음을 삼키느라 목이 메어 있는 것을 알아챘다.

나는 그녀가 매우 부유하다는 사실을 알고 있기에 다시 말했다.

“뭐라고! 남편이 5천 프랑을 마련할 수 없다니! 자, 생각해 봐요. 남편이 나한테 그 돈을 빌리라고 부탁한 것이 맞나요?”

그녀는 몇 초간 머뭇거리며 기억을 더듬는 듯했고 곧 대답했다.

“네… 네… 확실해요.”

“남편이 편지를 보냈나요?”

그녀는 다시 머뭇거리며 생각에 잠겼다. 기억해 내느라 애쓰는 것 같았다. 그녀는 편지는 알지 못했다. 단지 남편을 위해서 5천 프랑을 빌려야 한다는 것만 생각하고 있었다. 그래서 거짓말을 하기 이르렀다.

“네, 남편이 편지를 보냈어요.”

“언제요? 어제는 그런 이야기 없었잖아요.”

“오늘 아침에 편지를 받았어요.”

“편지 좀 보여주실 수 있나요?”

“아니… 아니요… 아니에요… 너무 개인적이고… 우리만 아는 내용이라서… 제가… 제가 태워버렸어요.”

“그럼 남편이 빚을 지고 있는 건가.”

그녀는 다시 머뭇거리더니 작은 목소리로 말했다.

"모르겠어요."

나는 갑자기 말했다.

"지금 당장은 5천 프랑을 마련할 수 없어요."

그녀는 고통스러운 듯 비명을 내질렀다.

"오! 오! 제발, 부탁이에요, 돈을 구해주세요…"

그녀는 흥분한 상태로 기도하는 듯이 두 손을 모았다. 그녀의 목소리가 변하는 걸 들었다. 울면서 더듬거렸고 저항할 수 없는 명령에 시달리고 있었다.

"오! 오! 제발 부탁해요… 내가 얼마나 괴로운지 아시면… 오늘 꼭 필요해요."

나는 그녀가 안쓰러웠다.

"곧 구해보겠어요, 약속할게요."

그녀가 외쳤다.

"아! 감사해요! 정말 감사해요! 정말 좋은 분이에요."

나는 다시 말했다.

"어제저녁 당신 집에서 있었던 일을 기억해요?"

"네."

"파랑 박사에게 최면을 받은 것도 기억하나요?"

"네."

"오! 그렇다면. 박사가 당신에게 오늘 아침 저에게 5천 프랑을 빌리라고 명령했고 지금 당신은 그 명령을 따르고 있는 거예요."

그녀는 잠시 생각하더니 대답했다.

"남편이 부탁했으니까요."

나는 한 시간 동안 그녀를 설득하려고 애썼지만 결국 실패했다.

그녀가 떠나고 나는 의사에게 달려갔다. 그는 막 나가려던 참이었는데 미소를 지으며 내 말을 들었다.

"이제 믿으시겠습니까?"

"네, 믿을 수밖에 없네요."

"그 사촌댁으로 가봅시다."

그녀는 지쳐서 긴 의자에 누워서 졸고 있었다. 의사는 그녀의 맥박을 재고 한동안 바라보다가 한 손을 그녀의 눈 쪽으로 들어 올렸다. 그녀는 자기력*을 이기지 못하고 서서히 눈을 감았다.

그녀가 잠들자 의사가 말했다.

"남편은 더 이상 5천 프랑이 필요하지 않습니다! 그러니 사

* 메스머는 모든 생명체는 내부적으로 자기력magnetism의 영향을 받으며 이 자기력으로 질병을 치유할 수 있다고 주장했다.

촌에게 돈을 빌려달라고 부탁한 일은 잊으십시오. 만약 누군가 그 이야기를 꺼낸다 해도 당신은 이해하지 못할 것입니다.”

그런 다음 그녀를 깨웠다. 나는 주머니에서 지갑을 꺼내며 말했다.

“여기, 오늘 아침 나한테 부탁한 돈이에요.”

그녀가 너무 놀라는 통에 나는 더 이상 강요하지 못했다. 그녀의 기억을 되살리려고 했지만 단호히 부인하며 내가 자기를 놀리는 것으로 생각했고 결국 화를 낼 뻔했다.

그걸로 끝이었다! 나는 막 돌아왔고 이번 경험이 너무도 충격이어서 점심도 먹지 못했다.

7월 19일

이 이야기를 들려준 많은 사람이 나를 비웃었다. 나는 이제 무엇을 믿어야 할지 모르겠다. 현자는 이럴 수도 있다. “어쩌면?”

7월 21일

나는 부지발에서 저녁을 먹고 카누 동호회의 무도회에 갔다. 확실히 모든 것은 장소와 분위기에 달려 있다. 그르누이에르 섬에서 초자연을 믿는다면 완전히 미친 짓일 것이다… 그러나 몽생미셸의 정상에서라면?… 인도에서라면? 우리는 주변 환경에 막대한 영향을 받는다. 나는 다음 주에 집으로 돌아갈 것이다.

7월 30일

어제 집으로 돌아왔다. 만사가 순조롭다.

8월 2일

특별한 일은 없다. 날씨가 매우 좋다. 나는 센 강이 흐르는 것을 보면서 온종일 시간을 보냈다.

8월 4일

하인들 사이에서 다툼이 있었다. 밤에 찬장 안의 유리잔들이 깨진 모양이었다. 하인은 요리사를 의심하고 요리사는 세탁 담당을 의심하고 세탁 담당은 두 사람을 탓한다. 범인은 누구일까? 누가 그걸 알 수 있을까!

8월 6일

이번에는 내가 미친 게 아니다. 나는 보았다… 나는 보았다… 보았다!… 더 이상 의심할 수 없다… 나는 보았다!… 손톱 끝까지 오한이 느껴지고 뼛속까지 스민 두려움이 느껴진다… 나는 보았다!…

나는 오후 2시, 햇살 아래에서 장미 화단을 거닐고 있었다… 가을 장미가 피기 시작한 오솔길을 걷고 있었다.

꽃들의 아름다움 공방 사이에서 세 송이의 아름다운 꽃을 피운 키가 큰 장미를 바라보고 있었는데 바로 가까이에 있는 장미 한 송이의 줄기가 구부러지는 것을 나는 분명히 보았다. 보이지 않는 손이 그것을 비틀고 꺾어버렸다! 그다음 그 꽃은 마치 팔이 꽃을 입으로 가져가듯 곡선을 그리며 떠올랐고 투명한 허공에 뜬 채 움직이지 않고 내 눈에서 세 걸음 정도 떨어진 거리에서 무서운 빨간 점처럼 멈춰 있었다.

당황한 나는 꽃을 잡으려고 달려들었다! 그러나 아무것도 잡히지 않았다. 꽃은 사라지고 없었다. 그러자 나 자신에게 미치도록 화가 났다. 이성적이고 진지한 사람이라면 이런 환영을 켜지 않을 것이기 때문이다.

그런데 이것이 정말 환영이었을까? 나는 몸을 돌려 줄기를 찾으려 했고, 곧 관목 위로 다른 장미 사이에 방금 꺾인 줄기가 남아 있는 것을 발견했다.

나는 충격을 받고 집으로 돌아왔다. 이제 나는 확신한다. 낮과 밤이 교차하는 것만큼이나 확실하게, 가까이에 보이지 않는 존재가 있다는 것을. 그 존재는 우유와 물을 먹고 사물을 집어 옮길 수 있는 능력을 갖췄다. 따라서 우리 감각으로는 인지할 수 없지만 나처럼 물질적 성격을 지닌 존재가 내 지붕 아래서 거주한다⋯

8월 7일

나는 편안히 잠들었다. 그 존재는 물병의 물을 마셨지만 내 잠은 방해하지 않았다.

나는 내가 미친 게 아닌가 하는 생각이 들었다. 강한 햇볕 아래 강가를 따라 거닐던 중, 내 이성이 의심스러워졌다. 예전처럼 막연한 의심이 아니라, 분명하고 절대적인 의심이었다. 나는 광인들을 본 적 있다. 그들 중에 삶의 모든 문제에 대해 지적이고 명료하며 심지어는 통찰력 있게 사고하던 사람들이 있었다. 다만 한 가지 점에서만 그렇지 못했다. 그들은 모든 것을 명확하고 유연하며 깊이 있게 이야기하다가도 갑자기 그의 사고가 광기의 암초에 부딪히면 산산조각이 나서 흩어지고 격렬하고 무서운 바닷속으로 가라앉고 마는 것이었다. 그 바다는 성난 파도와 안개, 비바람으로 가득 차 있는 흔히 '정신착란'이라 불리는 것이었다.

물론 내가 자각이 없거나, 내 상태를 완전히 인식하지 못하며 명석하게 분석하거나 깊이 파고들지 않는다면 나는 자신을 완전히 미쳤다고 여길 것이다. 그렇다면 결국 나는 이성적으로 사고하는 환각자에 지나지 않는 셈이다. 내 뇌에서 어떤 알 수 없는 장애가 일어난 것이고 그것은 바로 오늘날 생리학자들이 기록하고 규명하려고 애쓰는 그런 장애 중 하나일 것이다. 그리고 그 장애가 내 정신 속, 즉 생각의 질서와 논리 속에 깊은 균열을 일으킨 것일지도 모른다. 비슷한 현상은 꿈에서도 일어난다. 꿈은 우리를 가장 터무니없는 환상으로 이끌지만 우리는 놀라지 않는다. 검증 장치 즉 통제 감각이 잠들어 있기 때문이다. 반면 상상하는 능력은 깨어 활동하고 있기 때문에 내 뇌라는 건반 위의 작은 건반 하나가 마비된 것은 아닐까? 어떤 사람들은 사고를 당한 뒤 고유명사나 동사, 숫자 또는 단순한 날짜에 대한 기억만을 잃기도 한다. 오늘날 생각의 모든 조각이 어디에 위치하는지 확인되었다. 그렇다면 내게도 이 순간 어떤 환각의 비현실성을 통제하는 능력이 마비되었다고 해서 무엇이 그리 놀라운 일이겠는가!

나는 물가를 따라 걸으며 이런저런 생각에 잠겼다. 태양은 강을 환하게 비추고 땅을 황홀하게 만들었으며 내 눈 속을 삶에 대한 사랑으로 가득 채웠다. 제비들의 민첩한 날갯짓은 보기만 해도 즐겁고 강둑 풀잎의 떨림은 듣기만 해도 행복하다.

그러나 설명할 수 없는 불안감이 점차 내 안을 파고들었다. 어떤 힘, 불가사의한 힘이 나를 마비시키고 멈추게 하며 더 나아가지 못하게 하면서 나를 뒤로 끌어당기는 것 같았다. 사랑하는 사람을 아픈 채로 집에 두고 나왔을 때, 병이 더 심해졌을지 모른다는 예감에 사로잡힌 듯 집으로 돌아가고 싶은 충동을 느꼈다.

그래서 나는 어쩔 수 없이 집으로 돌아왔다. 집에 돌아가면 틀림없이 나쁜 소식이나 편지, 전보를 마주할 것만 같았다. 하지만 그런 것은 없었다. 그래서 나는 새로운 환영을 본 것보다 더 놀라고 더 불안해졌다.

8월 8일

어제 끔찍한 밤을 보냈다. 그 존재는 더 이상 모습을 드러내지 않지만 나는 그것이 곁에 있음을 느낀다. 나를 감시하고 바라보고 꿰뚫고 지배하고 있다. 눈에 보이지 않는 존재가 초자연적인 현상으로 보이는 것보다 이렇게 숨어 있는 것이 더 두렵다.

그런데도 나는 잠을 잤다.

8월 9일

아무 일도 없었다. 그러나 나는 두렵다.

8월 10일

아무 일도 없었다. 내일은 무슨 일이 일어날까?

8월 11일

여전히 아무 일도 없다. 그러나 나는 더 이상 이 공포와 이런 생각을 품은 채 집에 머물 수 없다. 떠나야겠다.

8월 12일

밤 10시. 온종일 떠나려고 했으나 그럴 수 없었다. 나가서 마차에 올라 루앙으로 향하는 것, 그토록 쉽고 간단한 자유로운 행동을 나는 끝내 하지 못했다. 왜일까?

8월 13일

어떤 병에 걸리면 육체의 모든 지지대가 부서지고 모든 활력이 사라지며 모든 근육은 풀리고 뼈는 살처럼 무르고 살은 물처럼 흐물거리는 것 같다. 나는 그런 상태를 이상하고 절망적으로 느끼고 있다. 더 이상 내게는 어떤 힘도, 어떤 용기도, 통제력도 없고 내 의지를 움직일 힘조차 없다. 나는 이제 원할 수도 없다. 그러나 누군가가 나 대신 원하고 있고 나는 그에 복종한다.

8월 14일

나는 끝이다! 누군가가 내 영혼을 차지해 지배하고 있다! 누군가 내 모든 행동, 모든 움직임, 모든 생각을 명령한다. 더 이상 내 안에는 아무것도 없고 내가 하는 모든 일의 노예이자 공포에 질린 관객일 뿐이다. 나는 나가고 싶다. 그러나 할 수 없다. 그가 원하지 않기 때문이다. 나는 혼이 나간 채 떨면서 그가 앉혀놓은 이 안락의자에 그대로 있다. 나는 그저 자리에서 일어나서 나의 주인은 아직은 나라고 믿고 싶을 뿐이다. 하지만 할 수 없다! 나는 의자에 붙잡혀 있다. 의자도 바닥에 붙어 있어서 어떤 힘도 우리를 들어 올리지 못한다.

그러다가 갑자기 나는 반드시 그래야만 한다는 듯이, 꼭 해야만 한다는 듯이, 내 정원 끝으로 가서 딸기를 따서 먹어야 한다는 생각에 사로잡힌다. 그리고 정원으로 간다. 딸기를 따서 먹는다! 오! 신이시여! 신이시여! 신이시여! 신이 존재한다는 말인가? 존재한다면 나를 구원하소서! 구원하소서! 용서하소서! 자비를 주소서! 은총을 베푸소서! 구원하소서! 오! 이 고통이여! 이 형벌이여! 이 공포이여!

8월 15일

분명, 내 불쌍한 사촌이 5천 프랑을 빌리러 왔을 때도 그녀는 이렇게 지배당하고 휘둘렸던 것이다. 마치 기생하고 지배하는 다른 영혼이 있는 것처럼 이상한 의지가 자기 안으로 들어와 지배받았다. 세상이 끝나려는 것인가?

그런데 나를 지배하는 것은 무엇인가? 보이지 않는 존재는 누구인가? 정체를 알 수 없는 초자연적인 배회자인가?

그렇다면 보이지 않는 존재들이 실재하는 것이다! 그렇다면 세상이 시작된 이래로 나에게 그랬던 것처럼 왜 분명하게 모습을 드러내지 않았단 말인가? 내 집에서 일어난 일과 비슷한 일을 어디에서도 접한 적이 없다. 오! 이 집을 떠날 수 있다면 도망쳐서 다시 돌아오지 않을 수 있다면, 나는 구원받을 텐데. 하지만 나는 그럴 수 없다.

8월 16일

나는 오늘 우연히 감옥 문이 열려 탈옥한 죄수처럼 두 시간 동안 도망칠 수 있었다. 갑자기 자유를 느꼈고 그 존재가 멀리 있음을 느꼈다. 나는 마차를 빨리 준비하라고 명령했고 루앙으로 향했다. 오! 내 말을 따르는 사람에게 "루앙으로 가자!"라고 말할 수 있다는 것이 얼마나 기쁜 일인지!

나는 도서관 앞에 마차를 세우고 고대와 현대 세계 미지의 존재들에 대해 다룬 헤르만 헤레스타우스 박사의 개론서를 빌렸다.

그러고는 다시 마차에 오르려던 순간, 나는 이렇게 말하고 싶었다. "역으로!" 크게 소리쳤다. 지나가는 사람들이 돌아볼 정도로 정말 큰 목소리로 소리쳤다. 그런데 입 밖으로 나온 말은 "집으로!"였다. 나는 불안에 휩싸여 의자 위로 털썩 주저앉았다. 그가 나를 다시 찾아내서 붙잡은 것이다.

8월 17일

아! 밤! 밤이구나! 그런데도 나는 기뻐해야 할 것만 같다. 새벽 1시까지 나는 책을 읽었다. 철학과 신통기* 분야 박사인 헤르만 헤레스타우스는 인간 주변을 배회하거나 인간이 상상해낸, 보이지 않는 모든 존재의 역사와 현현을 기록했다. 그 기원, 영역, 힘을 설명한다. 그러나 그중 무엇도 나를 괴롭히는 존재와는 닮지 않았다. 인간이 사유하기 시작한 이래로, 자신보다 강한 새로운 존재, 자신을 대신할 후계자를 예감하고 두려워해 왔다고 한다. 그리고 그 존재가 가까이 있음을 느끼면서도 그 본성을 예측할 수 없기에 공포 속에서 온갖 비밀스러운 존재들, 즉 두려움에서 태어난 흐릿한 유령들을 창조했다고.

* 그리스 시인 헤시오도스가 쓴 서사시로 신들의 발생계통에 관한 신화다.

그래서 새벽 1시까지 책을 읽은 후, 창문이 열려 있는 창가에 앉아 고요한 어둠 속에서 바람으로 이마와 생각을 식혔다.

날씨가 좋았고, 포근했다! 예전 같았으면 이 밤을 얼마나 사랑했을까!

달빛은 없었다. 별들은 검은 하늘 저편에서 떨리듯 반짝이고 있었다. 저 세계에는 누가 살고 있을까? 저기에는 어떤 형태, 어떤 생명, 어떤 동물, 어떤 식물들이 있을까? 저 먼 우주에서 사유하는 존재들은 우리보다 무엇을 더 알고 있을까? 우리보다 무엇을 더 할 수 있을까? 우리가 알지 못하는 무엇을 보고 있을까? 언젠가 그들 중 한 존재가 우주를 가로질러 지구에 나타나, 과거 노르망디인들이 바다를 건너 약한 민족을 정복했던 것처럼 우리를 정복하러 오지 않을까?

우리는 너무 연약하고 무방비 상태이며 무지하고 보잘것없다. 물방울 속에서 떠도는 진흙 알갱이 위에 존재하는 우리는.

나는 이런 상념에 잠기며 저녁의 상쾌한 바람 속에서 잠시 졸았다.

그렇게 약 40분쯤 잠들었다가 움직이지 않고 눈만 다시 떴다. 알 수 없는 혼란스럽고 이상한 기분에 잠에서 깨어났다. 처음에는 아무것도 보이지 않았으나 갑자기 내 책상 위에 펼쳐져 있던 책 한 페이지가 저절로 넘어가는 것처럼 보였다. 창문으로는 바람 한 줄기 들어오지 않았는데 말이다. 나는 놀라서 그 모습을 지켜보았다. 약 4분쯤 지나서 누군가가 손가락으로 책장을 넘기듯이 다른 페이지가 들려서 앞 페이지 위로 덮이는 것을 두 눈으로 똑똑히 보았다. 내 안락의자는 비어 있었다. 비어 있는 것 같았다. 그러나 나는 그가 거기 있다는 것을, 내 자리에 앉아 책을 읽고 있음을 깨달았다. 나는 격분하여 조련사를 찢을 듯이 달려드는, 반항하는 짐승처럼 방을 가로질러 그를 잡아서 죽이려 했다!… 그러나 내가 의자에 닿기도 전에 의자는 마치 내 앞에서 도망치듯 넘어졌다… 책상은 흔들렸으며 등불은 떨어져 꺼졌다. 창문은 마치 도둑이 야음을 틈타 달아나면서 창문을 획 닫은 것처럼 닫혔다.

결국 그는 도망쳤다. 겁을 먹은 것이다. 나를 두려워한 것이다, 바로 그가!

그러면… 그러면… 내일… 혹은 모레… 아니면 언젠가… 그를 내 주먹으로 움켜잡고 바닥에 처박을 수 있을 것이다! 개들도 가끔 주인을 물고 목을 조르지 않던가?

8월 18일

나는 온종일 생각했다. 아! 그렇다, 나는 그에게 복종할 것이다. 그의 충동을 따르고 그의 모든 뜻을 따르고 겸손하고 순종하고 비겁해질 것이다. 그는 강하다. 언젠가 그 순간이 올 것이다…

8월 19일

알겠다… 나는 알고 있다… 나는 모든 것을 알고 있다! 방금 세계 과학잡지에서 이런 글을 읽었다.

"리우데자네이루에서 아주 흥미로운 소식이 전해졌다. 어떤 광기, 즉 중세 유럽에서 사람들을 휩쓴 전염성 광기와 비슷한 현상이 현재 상파울루 지역에서 유행하고 있다. 주민들은 공포에 질려 집과 마을을 떠나고 농사를 포기한 채 경작지도 버렸다. 그들은 보이지 않지만 실체가 있는 존재들이 인간을 가축처럼 쫓고 사로잡아 지배할 것이라고 말한다. 마치 흡혈귀처럼 잠자는 동안 인간의 생명을 흡수하고 물이나 우유를 마시며 다른 음식은 손도 대지 않는다고 한다.

돈 페드로 엔리케 교수는 여러 저명한 의사들과 함께 상파울루로 향했다. 현장에서 이 놀라운 광기의 원인과 양상을 연구하고 광기에 빠진 주민들을 다시 이성으로 되돌리는 데 가장 적절하다고 판단되는 조치를 황제에게 제안하기 위해

서다."

아! 아! 기억난다, 기억난다. 지난 5월 센 강을 거슬러 내 창문 아래로 지나가던 아름다운 브라질 범선을! 나는 그 배가 정말 예쁘고 하얗고 밝아서 좋았다! 그 존재가 바로 그 배 위에 있었고 자기 종족이 태어난 곳에서 온 것이었다! 그리고 그는 나를 보았다! 내 하얀 집도 보았다. 곧장 배에서 뛰어내려 강가로 온 것이다. 오! 하느님!

이제 알겠다. 짐작이 간다. 인간의 지배는 끝났다.

그가 왔다. 순진한 민족들이 처음으로 공포를 느끼고 두려워했던 존재, 불안한 사제들이 퇴마 의식을 펼쳤던 존재, 마법사들이 어두운 밤에 불러냈으나 아직 나타나지 않은 존재, 이 세상을 잠시 지배한 주인들의 예감으로 상상했던 모든 종류의 괴물 혹은 아름다운 형상, 요정, 정령, 악령, 요정 난쟁이 같은 존재가. 거친 원시적 공포가 만들어진 이후, 보다 통찰력 있는 사람들은 이 존재를 더욱 명확하게 예감했다. 메스머는 이 존재를 예언했고 의사들은 이미 10년 전부터 존재가 스스로 힘을 행사하기 이전에 그 능력의 본질을 정확히 발견했다. 그들은 이 새로운 주인의 무기, 즉 신비로운 의지가 인간의 영혼을 노예로 만드는 지배력을 가지고 장난쳤다. 그들은 이를 자기력, 최면, 암시라고 불렀다… 뭐라 말해야 할까? 나는 그들이 이 끔찍한 힘을 조심성 없는 아이들처럼 가지고 노는 모습을 보았다! 우리에게는 재앙이다! 그가 왔다, 그… 그… 이름이 뭐였더라… 그… 내게 이름을 외치는 것 같은데, 나는 듣지 못한다… 그… 그래… 그는 외친다… 나는 듣는다… 나는 들을 수 없다… 반복한다… 그… 오를라… 나는 들었다… 오를라… 그것이다… 오를라… 그가 왔다!…

아! 독수리는 비둘기를 잡아먹고 늑대는 양을 잡아먹으며 사자는 뾰족한 뿔을 가진 물소를 잡아먹는다. 인간은 화살과 칼, 화약으로 사자를 죽인다. 우리가 말과 소로 얻은 것을 오를라는 인간으로 얻을 것이다. 자기 것, 자기 하인, 자기 먹이를 오직 의지의 힘만으로 얻을 것이다. 우리에게는 재앙이로다!

그런데 때로는 동물은 반항하며 길들인 자를 죽이기도 한다… 나도 원한다… 할 수 있을 것이다… 그러나 그를 알아야 하고 만져야 하고 보아야 한다! 학자들은 동물의 눈이 우리와 달라 우리처럼 사물을 분별하지 못한다고 말한다… 나의 눈으로는 나를 억압하는 새로운 존재를 분별할 수 없다.

왜일까? 아! 지금 나는 몽생미셸의 수도사가 했던 말이 떠올랐다. "우리가 존재하는 것의 십만 분의 일이라도 볼 수 있을까요? 보십시오, 이 바람을. 그것은 자연의 가장 강력한 힘입니다. 사람을 쓰러뜨리고 건물을 무너뜨리며 나무를 뿌리째 뽑고 바다를 물의 산처럼 일으키며 절벽을 파괴하고 큰 배들을 암초로 내몰죠. 바람은 죽이고 휘파람을 불고 신음하고 울부짖는데 혹시 그 모습을 보셨는지요, 볼 수는 있으신지요? 그런데도 바람은 분명 존재합니다."

그리고 나는 계속 생각했다. 내 눈은 너무도 약하고 불완전해서 유리처럼 투명하고 단단한 물체조차 구별하지 못한다!… 투명한 거울이 내 길을 막으면, 방 안으로 들어오려는 새가 유리창에 머리를 부딪치는 것처럼 나 또한 부딪치고 말 것이다. 게다가 수많은 것이 나를 속이고 혼란스럽게 하지 않는가? 그렇다면 빛이 통과하는 새로운 존재를 내가 알아차리지 못한 것이 어찌 놀랄 일인가.

새로운 존재! 왜 안 되겠는가? 반드시 올 것이었다! 왜 우리가 마지막이어야 하는가! 우리가 우리보다 앞서 창조된 모든 존재처럼 그를 구별하지 못한 이유는 무엇일까? 그것은 그의 본성은 우리보다 더 완전하고 그의 몸은 더 정교하기 때문이다. 우리 몸은 너무 약하고 어설프게 만들어졌다. 장기들은 항상 피로하고 복잡한 용수철처럼 억지로 움직인다. 우리 몸은 공기와 풀, 고기를 어렵게 섭취하는 식물과 동물처럼 살아간다. 병에 걸리고 변형되며 부패한다. 숨 가쁘고 균형을 잃고 순진하면서도 이상한 동물적 기계에 불과하다. 교묘하게 엉성하게 만들어졌고 거칠면서도 섬세한 작품이자 지적이고 위대해질 수 있는 존재의 초안일 뿐이다.

굴에서부터 인간까지 그 사이에서 아주 작은 존재다. 온갖 종(種)이 차례차례 나타나는 기간이 끝났다고 해서 왜 하나 더 존재할 수 없겠는가?

왜 더 없겠는가? 왜 거대한 꽃을 피워 온 지역에 향기를 퍼뜨리는 다른 나무들이 없겠는가? 왜 불, 공기, 땅, 물 이 네 가지 외에 다른 요소들이 없겠는가? 생명을 길러주는 이 아버지들은 네 가지뿐이다! 참으로 안타깝다! 왜 사십 가지나 사백 가지, 사천 가지가 아닌 것일까! 얼마나 모든 것이 부족하고 보잘것없고 초라한가! 부족하게 주어지고 대충 창조되고 무겁게 만들어졌다! 아! 코끼리, 하마, 얼마나 우아한가! 낙타는 얼마나 품위 있는가!

하지만 당신은 이렇게 말할지 모른다. 나비! 날아다니는 꽃! 나는 백 개의 우주만큼 거대한 나비를, 형태와 아름다움, 색깔, 움직임을 표현조차 할 수 없는 날개를 가진 나비를 꿈꾼다. 그러나 나는 나비를 본다⋯ 이 별에서 저 별로 날아다니며 별들을 상쾌하게 하고 조화롭고 가벼운 비행의 숨결로 향기를 퍼뜨린다!⋯ 그리고 그 별의 민족들은 나비가 지나가는 것을 보고 황홀해 하고 기뻐한다!…

＊

내게 무슨 일이 일어난 것일까? 바로 그, 그가, 오를라가 나를 괴롭히고 이런 광기 어린 생각에 빠뜨린다! 그는 내 안에 있고 내 영혼이 되고 있다. 나는 그를 죽일 것이다!

8월 19일

그를 죽일 것이다. 나는 그를 보았다. 어젯밤 책상에 앉아, 집중해서 글을 쓰는 척했다. 그가 내 곁을 맴돌며 내가 만지거나 붙잡을 수 있을 정도로 아주 가까이 다가온 것을 알 수 있었다. 그리고 그때!… 그때, 나는 절망한 자들의 힘을 가지게 될 것이다. 내 손과 무릎, 가슴, 이마와 이빨로 그를 목 조르고 짓밟고 물고 찢을 것이다.

모든 감각을 곤두세워 그를 노리고 있었다.

두 개의 등불과 벽난로 위의 여덟 개 양초에 불을 켰다. 이 정도로 밝은 빛이라면 그를 발견할 수 있을 것 같아서.

앞에는 고풍스러운 참나무 기둥의 침대가 있었고 오른쪽으로는 벽난로, 왼쪽에는 그를 유인하기 위해 오랫동안 열어 두었다가 조심스럽게 잠근 문이 있었다. 뒤에는 거울이 달린 키가 큰 장이 있었는데 나는 매일 그 앞에서 면도하고 옷을 입었으며 지나갈 때마다 머리부터 발끝까지 내 모습을 비춰보는 습관이 있었다.

그래서 나는 그를 속이기 위해 글을 쓰는 척했다. 그도 나를 염탐하고 있었기 때문이다. 그리고 갑자기 나는 그가 내 어깨너머로 내 글을 보고 있고 내 귀를 스칠 정도로 가까이 있다는 것을 확신했다.

손을 뻗으며 몸을 일으켰고 너무 빨리 돌아선 탓에 넘어질 뻔했다. 아! 뭐지?… 대낮처럼 밝은데도 거울 속에서 내 모습이 보이지 않았다!… 거울 속은 비어 있었고 투명했으며 깊었고 빛으로 가득 차 있었다! 그런데 내 모습은 거기에 없었다… 분명 내가 거울 앞에 있는데도! 깨끗한 유리를 위아래로 바라보았다. 나는 정신없이 거울을 바라보면서도 앞으로 나아가거나 움직일 엄두가 나지 않았다. 분명 그가 거기 있다는 것을 느꼈지만 거울에 비친 내 모습을 삼켜버린 그의 감지할 수 없는 몸 때문에 내 손에서 벗어날 것 같았기 때문이다.

너무도 두려웠다! 그러다가 갑자기 수면을 통과해서 안개 속을 보듯이, 거울 깊은 곳에서 내 모습을 알아보기 시작했다.

이 물이 천천히 왼쪽에서 오른쪽으로 흐르면서 내 모습이 점차 선명해지는 듯했다. 일식이 끝나는 순간과 같았다. 나를 가리고 있던 것은 뚜렷한 윤곽이 없지만 점점 맑아지는 일종의 불투명한 투명함 같았다.

마침내 매일 보는 내 모습을 완전히 볼 수 있었다.

나는 그를 보았다! 그 공포는 지금도 나를 몸서리치게 만든다.

8월 20일

그를 어떻게 죽이지? 나는 그를 잡을 수 없는데? 독살? 하지만 그는 내가 물에 독을 섞는 것을 볼 테고 게다가 우리가 쓰는 독이 눈에 보이지 않는 그의 몸에 과연 효과가 있을까? 아니… 아니다… 분명히… 그렇다면?… 그렇다면?…

8월 21일

나는 루앙에서 대장장이를 불러 내 방에 철제 덧창을 주문했다. 파리의 일부 저택 1층에 도둑이 드는 것을 막기 위해 설치하는 것과 같은 것이다. 게다가 그는 그런 문도 하나 만들어

줄 것이다. 겁쟁이처럼 보이겠지만, 상관없다!…

＊

9월 10일

루앙, 콘티넨털 호텔. 끝났다… 끝났다… 그런데 그는 죽었을까? 내가 본 것 때문에 마음이 뒤숭숭하다.

어제는 대장장이가 철제 덧문을 설치한 뒤, 날이 쌀쌀해지기 시작했는데도 자정까지 모든 문을 활짝 열어두었다.

갑자기 그가 거기 있다는 것을 느꼈다. 나를 붙잡았다는 기쁨, 광희를 느끼면서. 나는 천천히 일어나 그가 눈치채지 못하게 오랫동안 이리저리 오갔다. 그런 다음 부츠를 벗고 아무렇지 않은 듯 실내화를 신었다. 이어서 철제 덧문을 닫고 다시 조용히 문 쪽으로 걸어가 두 번 잠갔다. 그리고 다시 창문 쪽으로 돌아와 자물쇠로 잠근 뒤, 열쇠를 주머니에 넣었다.

불현듯 그가 내 주변에서 동요하고 있으며 그 역시 두려워하고 있고 나에게 문을 열라고 명령하고 있음을 알아챘다. 나는 거의 굴복할 뻔했지만 그러지 않고 문에 등을 기대어 내가 뒤로 지나갈 만큼만 살짝 열었다. 나는 키가 커서 머리가 문틀에 닿았다. 그가 탈출할 수 없음을 확신했고 그를 혼자, 완전히 혼자 가두었다! 얼마나 기뻤던지! 내가 그를 붙잡다니! 그 후 나는 내 방 아래에 있는 응접실로 뛰어 내려가서 두 개의 등불을 들고 카펫과 가구 위, 그리고 사방에 기름을 부었다. 불을 붙인 다음 대문을 두 번 잠근 뒤 달아났다.

나는 정원 안쪽, 월계수 화단에 몸을 숨겼다. 어찌나 시간이 더디 가는지! 얼마나 길게 느껴지던지! 모든 것이 캄캄하고 고요하며 움직임이 없었다. 한 점 바람도 없고 별도 없었으며 보이지 않는 구름산들이 내 영혼 위에서 무겁게 짓눌렀다.

나는 내 집을 바라보며 기다렸다. 참으로 긴 시간! 나는 이미 불이 저절로 꺼졌거나 그가 불을 껐다고 믿고 있었다. 그러다가 아래층 창문 하나가 화염으로 깨지더니 길고 유연하며 부드럽게 감싸는 듯한 빨갛고 노란 불꽃이 하얀 벽을 타고 올라 지붕에 입맞춤하듯 치솟았다. 불꽃은 나무들 속으로, 가지들 속으로, 나뭇잎들 속으로 퍼져나갔고 동시에 나는 공포로 온몸이 떨렸다! 새들이 깨어났고 개 한 마리가 짖기 시작했다. 날이 밝아오는 것 같았다! 곧 다른 창문 두 개가 깨졌고 나는 아래층 전체가 무서운 불길에 휩싸인 것을 보았다. 그때 끔찍하고 날카로운 소리로 찢어질 듯 울부짖는 여자의 비명이 밤을 가르며 울려 퍼졌고 다락방의 창문 두 개가 열렸다! 나는 내 하인들을 잊고 있었다! 당황하고 허둥대며 팔을 휘젓는 모습이 보였다!…

그러자 나는 겁에 질려서 마을을 향해 달리며 외쳤다. "살려주세요! 살려주세요! 불이야! 불이야!" 이미 이쪽으로 오고 있는 사람들을 만났고 나는 그들과 돌아갔다!

집은 이제 끔찍하고 장엄한 화장터였고 거대한 잿더미가 되어 온 땅을 밝히고 있었다. 그곳에서 사람들도 타고 있었고 그도 타고 있었다. 그는, 그는, 나의 포로, 나의 새로운 존재, 새로운 주인 오를라가 타고 있었다!

갑자기 지붕 전체가 벽 사이로 무너져 내리더니 화염이 하늘까지 치솟았다. 나는 용광로를 통해서 열린 모든 창문 너머로 화염을 볼 수 있었고 그가 그 불 속에서 죽었을 거로 생각했다…

"죽었을까? 아마도?… 그의 몸은? 몸은 빛도 통과하는데 우리가 죽이는 방법으로는 죽일 수 없는 것이 아닐까?

만약 그가 죽지 않았다면?… 보이지 않고 두려운 그 존재를 제압할 수 있는 것은 시간뿐일 것이다. 투명한 그 몸, 알 수 없는 그 몸, 정신의 그 몸이 고통과 상처, 병약함, 때 이른 죽음을 똑같이 두려워했을까?

때 이른 죽음? 모든 인간의 공포는 거기에서 온다! 인간 다음에는 오를라다. 매일, 매시간, 매분, 모든 사고로 죽을 수 있는 존재 다음에, 오직 자신의 날, 자신의 시간, 자신의 순간에 반드시 자신 존재의 한계에 도달했을 때에만 죽는 존재가 나타났다!

아니… 아니… 분명, 분명히… 그는 죽지 않았다… 그렇다면… 그렇다면… 내가 죽어야 할 차례인가!”

옮긴이 **구영옥**

이화여자대학교 통역번역대학원 번역학과를 졸업했다. 현재 번역 에이전시 엔터스코리아에서 출판기획 및 전문 번역가로 활동하고 있다. 주요 역사로는 『결혼·여름』, 『수상록』, 『이방인』, 『페스트』, 『어린 왕자와 다시 만나다: 어린 왕자의 실제 모델에게 듣는 우리가 몰랐던 이야기』 등이 있다.

첫눈, 고백

초판 1쇄 발행 2025년 12월 18일

지은이 기 드 모파상
옮긴이 구영옥

책임편집 나란
콘텐츠 그룹 배상현 박화인 기소미
디자인 안단테

펴낸이 전승환
펴낸곳 책읽어주는남자
신고번호 제2024-000099호
이메일 meomum@thebookman.co.kr

ISBN 979-11-24038-15-4 04800